〔作者简介〕

韩秋萍

笔名泗禾草，甘肃宁县人

庆城县作协主席，甘肃省作家协会会员

喜欢为大地上微小的事物抒写，立传

出版散文集

《谁是那个念旧的人》

《在冬天里回忆春天》

《我和岁月说一段闲话》

获第十一届李梦阳文艺奖

首届南梁文艺奖

THE ECHO OF TIME'S PIT

時間之穴的迴聲

韩秋萍／著

陕西新华出版
陕西人民出版社

图书在版编目（CIP）数据

时间之穴的回声 / 韩秋萍著. —西安：陕西人民出版社，2024.6
ISBN 978-7-224-15381-1

Ⅰ. ①时…　Ⅱ. ①韩…　Ⅲ. ①诗集—中国—当代
Ⅳ. ①I227

中国国家版本馆 CIP 数据核字（2024）第 095840 号

责任编辑 / 左　文　王　智　何天翔　石晓晓
封面设计 / 安　梁

时间之穴的回声
THE ECHO OF TIME'S PIT

作　　者　韩秋萍
出版发行　陕西人民出版社
（西安市北大街 147 号　邮编：710003）
印　　刷　陕西金和印务有限公司
开　　本　880 毫米 ×1230 毫米　1/32
印　　张　8.125
字　　数　146 千字
版　　次　2024 年 6 月第 1 版
印　　次　2024 年 6 月第 1 次印刷
书　　号　ISBN 978-7-224-15381-1
定　　价　78.00 元

序一

在万物的尺度里独语

戈舟

诗人韩秋萍的这本诗集，取名《时间之穴的回声》，我原本以为，她是选取了集子中某首诗的名字来命名自己的诗集，但读罢，我却知道了，这本集子里并没有一首诗叫作《时间之穴的回声》。于是，问题来了，当诗人韩秋萍以这样一个句式来统摄自己的这本集子时，她究竟意欲表达些什么？而时间之穴的回声，又是一种怎样的回声？它何以唤起了诗人的诗绪，让诗人不禁嗟叹咏歌。

韩秋萍自认“喜欢为大地上微小的事物抒写，立传”，而整本集子以“时间”为名，分明又彰显着她“秘而大宣”的抱负。显然，她意欲为之抒写与立传的那些“微小”的事物，需要有一个根本性的、宏大的前提——大地上的。由此，我们或许可以找到阅读这本诗集的一条通道，那就是：于微观处窥见宏观，于无声处听见惊雷。这便是大小互辩的诗学，是对大而无当的反对，同时也是对鸡毛蒜皮的警觉。

韩秋萍日常的工作与文物保护有关，对此，我并不尽知，但这本诗集至少透露出了这样的信息。想一想吧，谁会经年累月地与这些宝物相对？谁又会经年累月地从与这堆宝物的对视中生发出讴歌以外的、几近凡俗的唱叹？没错，与宝物经年相对，你的目光将不再是那种鉴赏式的、一惊一乍的讴歌，你的情感将"落俗"，回到与自己生命攸关的日常体悟里，从一种"博物馆式"的隆重里抽离，将自己的此在，纵身跃入"时间之穴"。于是，重要的一刻就此发生了，诗人韩秋萍的一己之身，将不再只是一个"微小"的存在，她植根在了大地上，成了大地上微小的事物；而"文物工作者"韩秋萍，也将倾听到那来自"时间之穴的回声"。

在这个意义上，集子里的这首诗，以"万物的尺度"印证着我的感受——

金塔县肩水金关出土

木质，一级文物

如果我们坐在阳光下，只需

谈论一把汉代的木尺

历史给出的这些细节和佐证

已经足够

如果要谈论人生的尺度

就要站在公正的角度

衡量对比别人的高度

文中此诗的配图，也的确就是一把文物级别的木尺——一把出土于金塔县肩水金关的汉代木尺。此种形式，本身就是对于何为“诗歌”的一次重新而必要的厘定，它让“诗”不再只是一个抽象的比附，让语言及物，让石头还给了石头，让木尺赋能于木尺。而这种配图的方法，本就是这部诗集最显著的一个面貌，也因此，才有力地令这部诗集区别于了绝大多数的诗集。不，我并不是在说“图文并茂”，我也并不是在说“图文互鉴”，我是在说本质的，甚至是最为本质的诗学，是说人类的诗意落脚在哪里，又从哪里飞扬而起。

那么好了，回到这首诗和这部诗集本身，韩秋萍见惯了宝物，她已不再贪恋“历史给出的这些细节和佐证”，开始想要谈一谈

此在的、与己相关的“人生”。略微令人遗憾的是，她原本可以谈得更此在、更与己相关一些，比如，衡量一下今晚自家晚餐的尺度，或者，昨天同事之间眉眼高低的尺度，但是她却就此打住了，以“公正”之名，谈论起了如何衡量“别人的高度”。

略微的遗憾留下了。但我还能怎样苛求呢？连韩秋萍自己也在序言中自陈“我写的不是诗”。然而，同样与自己的“遗憾”相辩难，我又立即决定幸而这部诗集“不是诗”，不是那种在我们顽固的观念中因因相陈着的诗。那么，就让我将这部集子视为一个“独语”吧。但这独语值得你聆听，因为它在大地上，在时间中，在万物的尺度里。

“文物工作者”韩秋萍找到了自己的领地，用以将飘忽的诗意扎根，她也寻找到了自己的喻体，那是一个又一个的文物，那又不再是一个又一个的文物，而是诗人韩秋萍的，也只能是韩秋萍的“文物时间”。这个时间，无疑是诗性的时间。找到了令自己诗意扎根的地盘，韩秋萍还需要一个站立在这块地盘之上的姿势。那么，“我不是一个诗人，我甚至不懂诗”的自认，就是韩秋萍的姿势。在我看来，这个自认之中所含纳的一切秘密，足以令我对诗人韩秋萍的独语致以最严肃的敬意。

2024年1月21日

序二

诗意地穿越

傅兴奎

那年去天水参加笔会，会上有一个参观伏羲庙的活动安排。除了院内宏阔幽深的庙宇和遮天蔽日的古柏之外，我印象最深的当属馆长同学在庙院里的办公环境。室外的青瓦红柱和花木葱茂自不必说，单就办公室的器物和装饰，足以让你叹为观止。墙壁上的书画，桌子上的书籍、笔墨、台灯、便笺，老同学的行为举止，全都是博物馆特有的。博尔赫斯说“天堂是图书馆的模样”。在我看来，博物馆也是。

对于有多年文字写作经历的秋萍来说，出书和发表绝对是轻车熟路。但这一次她所涉猎的领域和写作的出发点，与之前《谁是那个念旧的人》《在冬天里回忆春天》《我和岁月说一段闲话》

等散文作品相比，更多的是业务上的责任和使命担当。按说，秋萍还不是一个彻底的文物工作者，作为一个基层文旅系统的负责人，文物管理只是诸多业务中的一项。问题是秋萍偏偏是一个认真起来没完没了的人，在她看来，只要是分内的业务，就没有不重要的。于是，这些沉寂多年的文物就成了文字之外的另一种热爱。

有人说，博物馆是一个不可忽视的文化和历史存在，它不仅是对文物的汇集和并置，也是一种精神的聚集。也就是说，摆在我们面前的所有文物都是有温度的，这种温度是历史的余温，也是人文的体温。需要我们用心去抚慰，用热情去唤醒。传统的展示和阐释方式，因为受工作人员的文化修养和解说词的思想深度的制约，很多浅表层次的讲解反而成了人们走进文物本身的一种障碍。特别是随着自媒体的逐渐普及，一些伪文化人的粉墨登场，使原本厚重严肃的历史文物，成了他们恶搞文化赚取流量的道具。如何还原历史背后的真相，体现文化之上的精神，就成了摆在文化人面前的难题。这种不被理解且愈演愈烈的忧患对于秋萍来说痛苦尤甚，以至于“有时候竟然于不知不觉间变得疼痛而沉重，如大雪覆压枝头，关节爆发新芽，肉体之花瓣，黄昏一样盛大。”

她的这种感受，与其说是业务工作带来的疲累，不如说是当代人和历史之间无法打通的梗阻。正因为如此，文字带给作者曾经的快乐才会在接踵而来的困惑中消失殆尽。

“诗者，思也。发虑在心，而形之于言。”顾宪成对“《诗》三百，一言以蔽之，曰：‘思无邪’”的理解，其实就是对诗是什么的最彻底的理解。我们心有所念，念头从心里生出来，叫发虑在心，虑就是念头。而形之于言，把它表达出来，这就叫诗。从精神文化层面看，能够相互贯通的不仅是诗歌和思想两个方面。绘画、雕塑、音乐、文字、舞蹈、影像，凡是与艺术有关的，全都是可以相互打通和任意穿越的统一体。正因为如此，作者才会得到这样的感悟：“是的，我笑了。因为我是彻底被那些陈旧的古物打动了，它们使我有了哭和笑，有了阅读一首诗的冲动，有了被一首诗打动的微小幸福。”

在作者看来，那些源自历史深处的文物，依托的是曾经存在的历史，但又不止于历史。它们不仅是研究历史的原始资料，也是创作的丰富题材。作为情感与性灵的产物，诗歌的语言不仅可以揭示未来、囊括过去，更主要的是会突破时空界限，追问永恒。唯其如此，作者才能穿越千百万年的历史，去触摸一头剑齿象的

门齿，打开一个藏在石造像中的香包，并对它们进行诗意的梳理。

“三千里丝路云和月，八百里霜雪加急，切加急，一骑红尘，是离弦的箭”（《疾》）。“看见它，就想起古代那位云鬓轻绾的娘子，想起她的长发他的手，他许她白首不离，她许他一世青丝”（《西汉的那一场雪》）。在充满激情和诗意盎然的文字中，那些已经远去的历史得以唤回，那些陈旧的、破损的、残缺的文物，从外形到精神得到了彻底的修复，那些与之有关的爱恨情仇也得到了更加完美的诠释和呈现。

诗人谢冕说：“透过历史的烟幕，看到现代人心灵运行的轨迹，乃至现代场景的隐约呈现。”秋萍笔下的文字，在触摸历史的同时，更加注重对生活现场的重构。“穿网格裤、蹬高筒靴的少年，像柳枝燃烧的绿色火苗，一步一脚泥土，一步一脚烈焰”（《彩陶少年》）。这种穿越不仅是生活方式的穿越，更是作者审美价值的超越和颠覆，是在历史和现实之间架起的沟通的桥梁。

“比起宏大的叙事，她更注重微观历史”。作者心里明白，相对于那些叱咤风云的大人物，寻常百姓的故事更能打动读者的心。在这种理念的支配之下，曾经的庙堂变成了厅堂，宫廷的用物遁入民间。“剪齐刘海、洗净耳洞、张开小口，拖起黄褐色的

鱼纹长裙，她要去果园里采摘红色的浆果涂唇，她要去海滩捡拾珍珠做耳坠，她要将一肚子的朝代乾坤，告诉世界”（《黑夜里睡醒的小女子》）。

“每一块坚硬的石头，都有一颗柔软的心，里面住着一尊慈悲的佛，每一个点上香火，沉默、祈祷的人，都是另一块石头”（《石头里的修行》）。作者对文物的理解，不是简单的描摹，不是异想天开的假想和推测，而是通过反复体味深入思考，提炼出来的具有生命力的诗歌意象。在有限的生命和无限的永恒之中，不断追寻自我存在的价值和生命的意义，是秋萍文字的又一特点。“我想买下世间一切我想拥有的东西，可是，我最终没有买来白天和黑夜，我的生命不如一块石座长久”（《赤裸的愿望》），这是作者对西汉浮雕人物石摇钱树座造像的诗意理解，也是在金钱和道义之间做出的生命抉择。

作为中华古文化和华夏文明重要发祥地，通往西方的重要门户和丝绸之路的咽喉要冲，甘肃境内的文物遗存十分丰富。如何让其回归现实，发挥其应有的历史文化价值，更进一步服务于大众文化生活，促进文旅融合，这不仅是文物管理者的责任，更是所有文化人的担当。

眼前诗意，心底春风。如此看来，秋萍的这本《时间之穴的回声》，就具有了非同一般的文本价值和宣传功能。我们既可以把它看作是历史文化展陈活化的创新，文学与历史的融合，也可以看作是诗和大地的邂逅。不管非虚构也好，新写实也好，相信这些与文物有关的文字和与文字有关的文物，必将增进大家对甘肃乃至中国历史的了解，对中华文化的自信和坚定。

现代科学告诉我们，当你穿越星空时看到的宇宙深处，实际上是久远的过去。历史和现实，时间和空间，如此奇妙而又如此契合。我们所要做的，就是一边用力追寻远去的历史，一边努力把握当下。正如作者在《互相照亮的人》（汉·木出火燧）一诗中所说的：

因为我们的骨头里藏着火焰
当黑漆漆的世界覆盖内心
我们取火，做成灯笼
并且成为互相照亮的人

2024 年 1 月 15 日

写在前面

文物是历史的陈列，也是历史的墓志铭，但它又不仅仅是博物馆里的珍贵藏品和温湿度恒定的展陈。它应该是含义及含义的传递，也是比历史更深远的东西。但是这一深远的含义只有通过语言才能领悟。一件文物，如果超越了考古的语言，解说的语言，绘画的语言，那它本身就只能成为诗。

我一直觉得，文物工作者的任务即是努力保护、发掘，照亮埋藏在时间之穴里的文物，使它们自己发光，歌唱，入诗，入画，成诗，成画。

有时候，一首看似抒写文物的诗歌，其实表达的并不一定是为了存在的文物，而是对已存在的文物、可能存在的文物以及永恒存在的文物的想象。它是在时间已经面目全非的情况下对文物的承继和复活。要理解一件文物的含义，首先是倾听这件文物，就是用我们的耳朵去看它的苦难和挣扎、呼唤与歌唱，把它变成一段回声、一片阴影、一种光芒。

每一位阅读这本书的读者都是另一个考古学家，每一件文物都是另一件文物。

在每一件文物的背后，文物工作者是一个可以被忽略的名字，他并没有操纵文物的语言，而只是操纵着自己的一份情怀，一种苦行。以坚守的一份情怀、一种苦行努力取消文物是“物”的界限，从而将自己发现的说话者与听众的交汇点呈现给大众，这是文物的灵魂，也是文物工作者的使命和责任。

韩秋萍
2023 年 9 月

自序

以诗之名

我承认，我写的不是诗。

因为我不是一个诗人，我甚至不懂诗。多年来，我在报纸、杂志上也只是零星地发表过几首没有任何影响力的小诗。但我喜欢诗，爱诗，爱读诗，爱那些读起来不太费劲，却一下子就能打动人心的诗，那种感觉是极寒的内心、恐惧的内心、疲惫的内心、怅然的内心，突然获得的一道微光，是一种微小的不轻易被外人察觉的小幸福，是小小的自我在一首诗的深处独自哭和笑。

哭着哭着，笑着笑着，沉重的肉体有时候竟然会在不知不觉间变得轻盈，如暗夜的昙花，素洁的纯棉裹身，香气弥漫。有时

候竟然于不知不觉间变得疼痛而沉重，如大雪覆压枝头，关节爆发新芽，肉体之花瓣，黄昏一样盛大。

于是，我说诗歌也是一种拯救，它能够让穿过黑夜的身体回家。

可是，这和这本书有什么关系呢？和陈列在这本书的纸页上陈旧的、残缺的、伤痕累累的、长满锈斑的古物有什么关系呢？

真的没有关系。因为在我阅读、喜欢、热爱诗歌之前，我并不认识它们，我甚至对它们一无所知，我承认我从未爱过它们。我和它们之间，也只是因为偶然的机缘，我非常不喜欢的，却又无可避免的机缘，注定了一场遇见，一场多年来重复的遇见。

它们和它们中烦琐的人和事，成了我工作中的一部分。一年、一天中的重要时间，我都得围着它们转，少的、可怜的、不重要的时段，我才能用来阅读对我来说非常重要的诗歌。尽管我不爱它们，可是我需要这份既能让我安身立命，又能让诗意涵养精神的工作。

因为需要，就无法离开，无法舍弃，只能任它们一年、一天重复着，得寸进尺、肆无忌惮地走进我的生命空间。由于它们的破旧、脆弱、易碎、易毁、易损，我经常不得不绞尽脑汁思考它们、想象它们、了解它们、对付它们。直至真正理解它们穿破千百年的黑暗，重新来到世间的不易，直至对展柜中针对它们标签式的介绍和讲解越来越不满意，直至感受到它们身体上的裂纹，并不是真正的残缺，而是大地赐予且希望光能重新进入的罅隙，直至觉得存在于它们身体上的那些鼓鼓的腹部、大小各异的孔洞、千姿百态的表情、苔痕一样的锈迹，都隐藏着世间最深、最捉摸不透的秘密，最千奇百怪的故事。

直至某一天，我常规性地陪着一个考察团，重复性地在展陈它们的展厅里礼节性地跟随，耳上磨出茧子似的似听非听地听着讲解员背书似的讲解。也许是人群波浪似的轻轻涌动，也许是荧光灯的牵引，总之我被莫名其妙地领到了一个祭红釉瓷瓶前。在暖色柔和的灯光下，我竟然第一次发现它红得热情奔放，像一束芬芳馥郁的玫瑰，更像一瓶窖藏多年的路易拉菲，只要轻轻地品一口，味蕾就会绽放心花。可是它的头上却戴了一顶“祭帽”，它无疑是祭祀用品，只是它那充满力气的红、热血一样的红、情书一样的红、不死的热望一样的红到底是为了祭奠谁呢？

世间的真相总是残忍的，是不能轻易触碰的。当我东翻西寻终于弄明白这只祭红釉瓷瓶的由来时，暮春之后的第一缕阳光已热热地铺在桌案上，可它却消融不了一只瓷瓶头上飞舞的雪花，覆盖不住我内心被历史的尘烟熏黄的沧桑。那不是一只瓷瓶，那是一位16岁的青春女子，为了父亲能为王权烧出一种窑变的红，纵身跃入1200度高温的窑炉。若不是被冰冷的玻璃展柜相阻隔，我真想抱抱这只祭红釉瓷瓶，抱抱那个小小年纪就已饮下王朝血泪悲欢的孩子。

至此，本来沉睡的历史，以一种“红”的方式，唤醒了我内心沉睡多年的悲悯。犹如一本在书架上搁置多年的诗集，在珠露湿衣的晨曦中，突然推开了一座荒芜已久的园子，使我不得不牵挂一只祭红釉瓷瓶的存在。我想它的出现，一定不是为了一锤定音的天价，也不是为了无数目光的逡巡赞叹，而是为了提醒我们：如果世间再也找不到真正的红，一只祭红釉瓷瓶可以接见人类对红的全部念想和崇拜。

直至某次，我在某个地方与彩陶相遇。我想说那是我一生中最不寻常的一次遇见，那种感觉正如歌中唱的“只是因为在人群中多看了你一眼，再也没能忘掉你容颜，梦想着偶然能有一天再相见”。因为我在众多的彩陶中看见了它——马家窑文化马厂类型·人头彩陶器盖。那是一张绝对抽搐变形的、丑陋无比的、痛

哭流涕的脸，我不知道那张彩陶脸庞下到底隐藏着什么，也不知道几千年前制陶的工匠到底经历了什么，但那是一张让我看见了就不忍心离去的脸，他的表情、他的泪水里似乎装满了一个人生命中的怕，装满了隐姓埋名躲避饥饿、战乱、死亡的历程。

整整一个下午，我都在久久地凝视着那张脸，在一种无可破解的预知里，被一个风暴聚集了的残余灵魂、被一场来自远古的纪念缠绕，任凭光影从我忧伤的泪水、从他的面部移过，最后停留在时钟的表面。

是的，那个下午，我无法抑制地流泪了。为一件5000年前的人首彩陶，仿佛我的泪水、他的痛苦都被制陶人的焰火重新烧制了一次。

能让人流泪的诗歌，一定是动人的，能让人流泪的故物一定是活着的。那一次，我想，那件马家窑文化马厂类型·人头彩陶器盖已经重新活过了。

随后，我在一件新石器时代的玉瑗前笑了。

“召人以瑗，绝人以玦”。那是人类最早的约定相见、想见的信物，语言抵达不了的部分，一块玉瑗却能穿越千山万水。“为了一个人，我愿把我的心脏给你，把你的‘瑗’带回”。

是的，我笑了。因为我是彻底被那些陈旧的古物打动了，它们使我有了哭和笑，有了阅读一首诗的冲动，有了被一首诗打动的微小幸福。

世界全是诗，物质全是诗 / 从我睁开眼睛的那一刻起……而我的诗一页页一行行 / 全是世界，全是物质。（黄灿然）

看吧，物质是诗，存在是诗，展厅里的古物、大地上的古物本身就是诗。就连海德格尔也说："思就是诗。"存在之思就是最初的诗、本真的诗，因为从它的诞生到完成，所呈示的不朽功业，不是岁月积累的碎屑，不是退入人的原始本能发出的宣泄，不是修辞和咒语的炫惑，而是一种特殊的"命名"。如同这些穿着黑夜的服装，用力推开历史大门的古物，坚持用自己的语言、自己的声音刺入存在的本质，道出人类文明的起源和真相，为人类文明的再生、再延续提供"活起来"的保证。

而作为小我，我承认我写的不是诗。我只是用一种责任和情感尝试着去突破，突破冰冷的展柜，突破简单寂静的图谱简介，用人类的情感视觉和精神纵深去表达，去收集这些古物自己的声音，自己的故事。换句话说，是这些古物自己写就了这本书。

而我在这里，只是以诗之名，写下时间和生命，写下感恩，写下愧疚……

这是迄今为止，我最真诚的一本作品，虽然它欠缺很多，肤浅很多，所能突破的局限很少，但它至少突破了自我，突破了我对古物的认知。所以，我还是想把它献给我工作过的地方、我的朋友，献给大地博物馆上陈列的所有古物。

感谢能够读完这部作品的每一个人，当你们合上书页的时候，我知道，它的里面并没有诗，它只是人类文明史上的一小块墓碑。

但我希望，在你们的心里有过那么一丁点儿的微光。

2023 年 8 月

目录

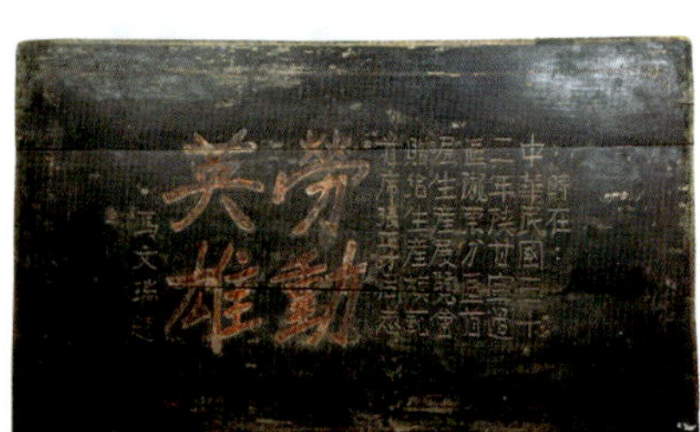

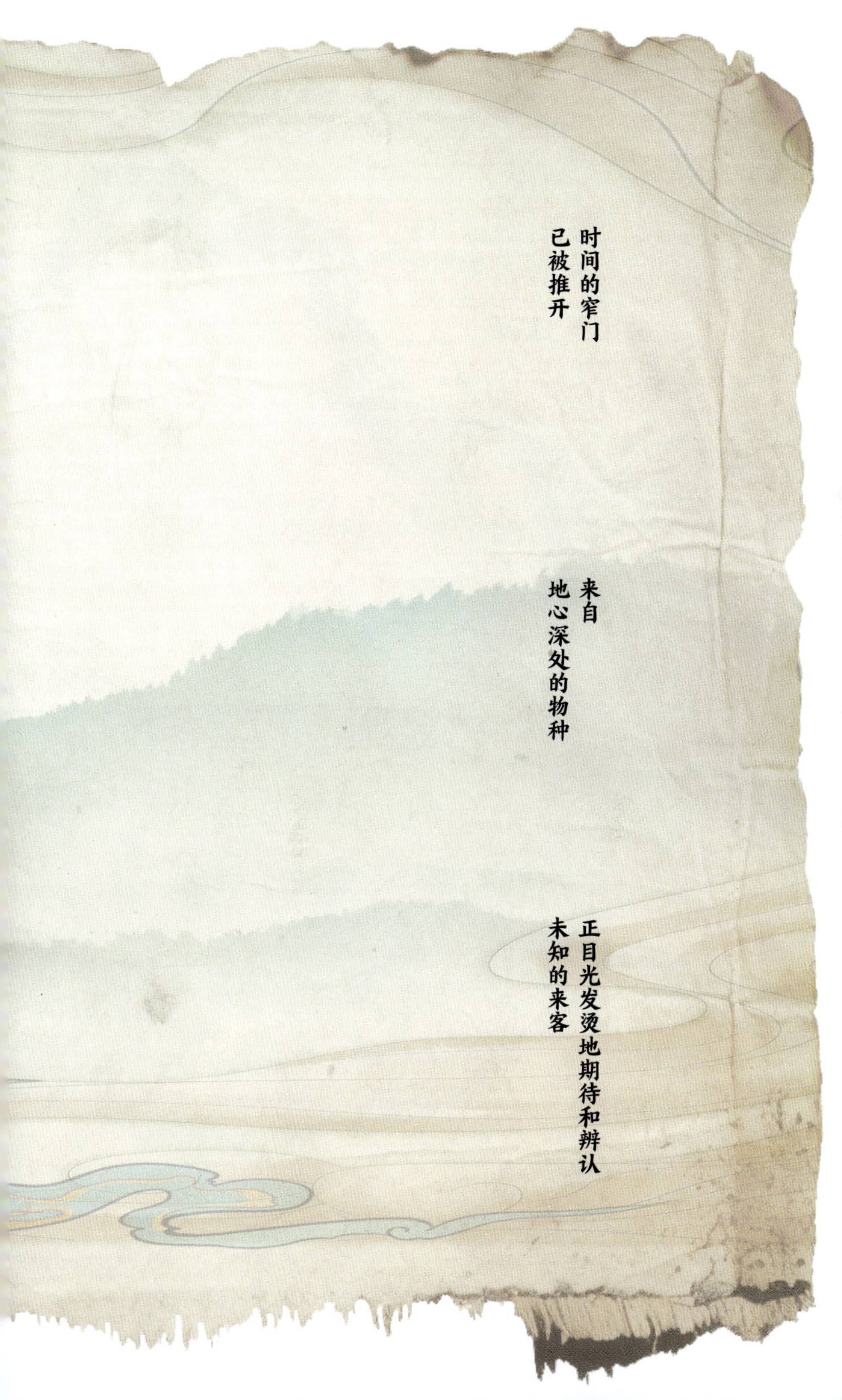

时间的窄门
已被推开

来自
地心深处的物种

正目光发烫地期待和辨认
未知的来客

第一章

穿越时空的对话

穿越时空

就像穿过突然的一场空

穿过时间留给我们的无声礼物

穿过神秘感和一场千年的相遇

历史不是存在而是消失

不会有任何时间和场景被复制

但当我们轻轻走过时

不经意的一次凝眸

就有可能让曾经孤寂的一些场景

翻身坐起

与我们侃侃而谈

永生

250 万年了
一头剑齿象的消失在意料之中
已经石化的骨骼和牙齿
更加遥远
很多次我都以为，它就是世间最愚笨的生物
为了完成一次命运交付的过程
用了亿万年
受尽屈辱和倾轧
把身体活活地往泥土里扣
可它却不计黑和白
生生复生生地
把一根 275 厘米牙齿
稳稳地立在世界的眼中

那一柱隐隐的斑和暗

让我惊恐

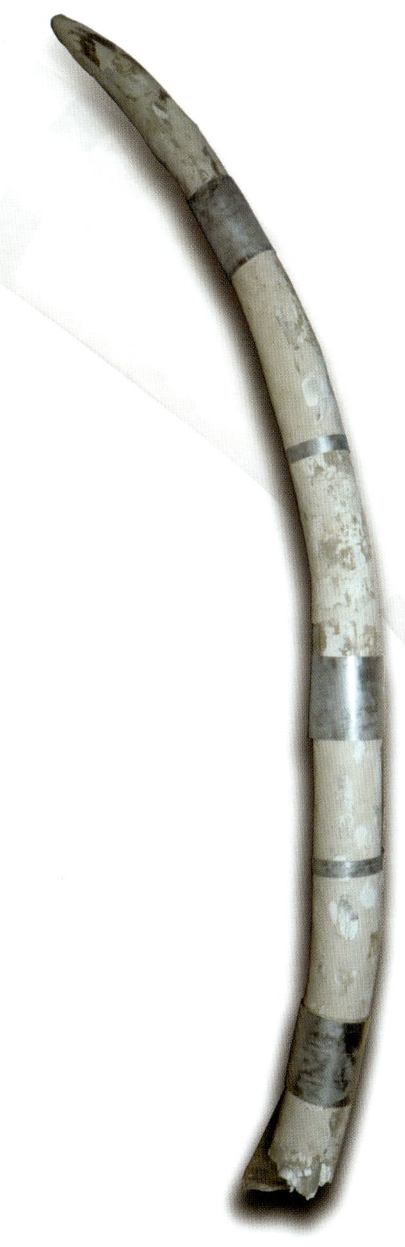

第四纪更新世·剑齿象牙化石
庆城县博物馆藏

生命的符号

她，青海国郡主慕容仪
他，交河郡王麴崇裕
她，慕容家族里的一条小鱼
他，大唐发展史上的一枚鱼钩
历史是身披蓑衣的垂钓者
鱼和钩被打成了嵌宝石的金戒指
她为妻
他为夫
手指上闪烁着民族交融的光芒
怎能不如胶似漆地爱
怎能不宣告天下地爱?
一块古老的黄金
一张千年的船票

当心与心激烈碰撞

天地玄黄下——这生命的符号

就永无休止地行进

唐·嵌宝石金戒指
榆中县博物馆藏

君为我赠簪

“君为我赠簪，我为君绾发”

三十六颗骨珠，穿越千万年

为青丝重新贴上标签

骨簪、金簪、银簪、玉簪、花簪……

质地不同，心有归属

佳人步履轻盈

走过那湿漉漉的小巷

同拾一朵梨花

马家窑文化马厂类型·镶骨珠骨簪
甘肃省博物馆藏

西汉的那一场雪

看见它

就想起古代那位云鬓轻绾的娘子

想起她的长发他的手

他许她白首不离

她许他一世青丝

时间沉睡了两千多年

醒来时

不经意间掀开了西汉的一页秋窗

那把木质的梳上

落满大雪小雪

汉·木梳
甘肃简牍博物馆藏

疾

三千里丝路云和月
八百里霜雪加急，切加急
一骑红尘，是离弦的箭
激昂丹青翰墨，温柔一掬红豆
政令通了
家国安了
妃子笑了
千年的风景驰骋而过
绿色的传承轻盈而沉重
持棨的使者永远在路上

魏晋·“邮驿图”画像砖
甘肃省博物馆藏

幻想的火焰

帝王之风
太平之昌
爱情之美
整个世界的荣耀
伴着长夜的光线和黑暗
被一只声音动听的鸟
营造出一场幻想的火焰
那是人间最初的一对恋人
那是人世最后的一场战争
那是心灵的云彩
那是血液全部的支流
那是一只神鸟在燃烧
它唱着我们的曲调

它驱除可厌的忧愁和寒流

它将灰烬开成美丽快乐的花朵

它让万物都披上曙光的色彩

明・金凤凰
甘肃省博物馆藏

千年身体

我不想考证金大定十年
也不想去礼拜双塔寺的大佛
只想说说这件佛教的圣物
为何一千年不腐不衰不烂
一个柔弱的信女
到底要用怎样细的思虑
才能找到那只作茧自缚的蚕茧
到底要用多少奇绝的针脚
才能将一份虔诚走得如此崎岖
这样的美太惊险了
像梁和祝
柔软里的悲壮
让衰败成为艺术里最烈性的部分

现在是我尘土斑驳的心与之对峙

难道是一千年前

她就在身体里绣好了一个香包

一点点收藏体香

或者说她原本

就是一只蚕茧

有着新鲜的疼痛

金·千岁香包
华池县博物馆藏

第二章

黑暗中点燃的火炬

想要发光，就必须忍耐灼烧

比起宏大的叙事

我更信任微观历史

当山顶洞消失

当类人猿消失

当第一把黄泥魔法一样在手心里旋转

当第一把神圣的火种燃起

眼睛里

就闪现出一种遥远的、向往的光芒

黑暗里

就迸发出一种光明修复不了的东西

太平的声音

咚，咚，咚……

祈祷的鼓，围猎的鼓，出征的鼓……

人类最早的鼓声响起

听，每一面鼓都有自己的声音

看，每一面鼓都血液奔腾

当红绸缀上鼓槌

当瑰丽的圈点在空中飞溅

当橙黄的泥水

黄黄地涌过身心

那火焰之声便在空中颤抖

那漩涡击水网格猎鱼的先人们

便脱掉盛装走下祭坛

与太平的声音拥谈

马家窑类型・旋纹彩陶鼓
甘肃省博物馆藏

食为天

民以食为天

天大的事

先吃饭

丢啥也别丢了饭碗

最早的彩陶

最早的饭碗

穿越 8000 年的黑暗

在黄皮肤、黄泥、黄小麦

锻造喂养的岁月里

三足扎稳

亘古绵延

大地湾文化·宽带纹三足圜底彩陶钵
甘肃省博物馆藏

年年有余

仰韶文化——
遥远的史前文明
历经7000年，5000年
被一个叫安特生的人
擎起了神圣的火种
被一双双不知名的巧手
镌刻纹理，滋养希望
鱼翔海底，知鱼之乐
鱼水交欢，子孙绵延
鱼米之乡，年年有余

仰韶文化早期·鱼纹彩陶大盆
甘肃省博物馆藏

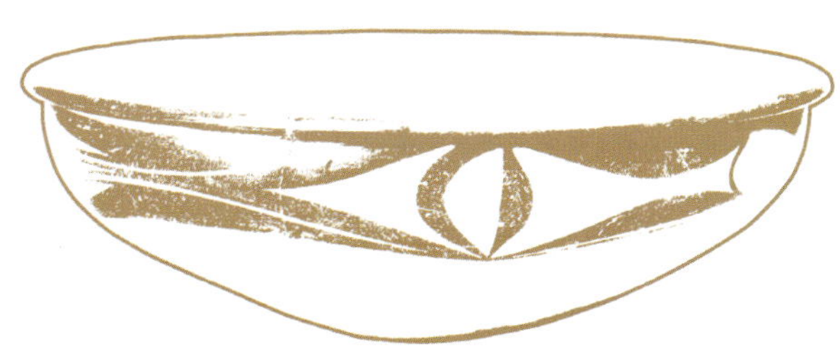

鱼的细节

我不否认，水里的鱼
一上岸，就是美人
就是神
鱼也不否认，它本身没有细节
细节在于 5200 年后
它陶醉于彩陶上的赞叹
当娃娃鱼的啼哭声
当真实自然的物象
当伏羲文化
与人首龙身图腾的崇拜交融时
鱼的歌声跨过黄河两岸
鱼的脚步遗失在甘谷县西坪遗址
鱼的谜底浮于水面

它在时间的行进中

围着先民的影子跳舞、欢笑和生产

鱼和人、人和水、烈焰和灵感

沾着仰韶文化的光芒

在太阳下旋转

仰韶文化晚期·鲵鱼纹彩陶瓶
甘肃省博物馆藏

彩陶少年

当

一缕晨曦

一片朝霞

一阵咯咯的笑声……

穿透岁月的墙壁时

穿网格裤、蹬高筒靴的少年

像柳枝燃烧的绿色火苗

一步一脚泥土

一步一脚烈焰

翻越历史的天空

在东西文明交融的大道上

踩出 3700 年的春秋岁月

四坝文化·人形彩陶罐
甘肃省文物考古研究所藏

坐在原位的部落

枪生锈后

一些事物和人走远

一种文化和一只罐子留下来

占据空白

它们席地而坐

让猪、犬、雁、兔子

平安无事地围在身边

围在这个安居乐业的和平年间

当古羌族独特的歌声像雨点一样

在手心

投下一个羊角饰纹的烙印时

一些事物和人重新回来

我发现一个部落

还坐在原来的位置

而空白却已不在

辛店文化·狩猎纹四耳彩陶罐
临夏回族自治州博物馆藏

黑夜里睡醒的小女子

哪里是秦安大地湾遗址的产物
哪里是仰韶文化早期的泥和塑
分明是一位
刚刚从黑夜里睡醒的小女子
她一觉醒来
就让生活惊愕震撼
她是谁?
她来自哪里?
生殖的崇拜、祖先的崇拜、神性的崇拜
和她有无关系?
人们开始议论纷纷
只有她气定神闲

剪齐刘海、洗净耳洞、张开小口

拖起黄褐色的鱼纹长裙

她要去果园里采摘红色的浆果涂唇

她要去海滩捡拾珍珠做耳坠

她要将一肚子的朝代乾坤

告诉世界

仰韶文化·人头形器口彩陶瓶
甘肃省博物馆藏

风暴聚集的灵魂

抽搐变形的脸

掩盖着隐姓埋名的历程

饥饿、战乱、死亡

装满黑夜的相册

生命里的怕、鼻涕下的痛

风暴聚集了残余的灵魂

这来自远古的纪念

是用双手，还是用泪水完成

无可破解的预知充满四壁

一个下午

光影从我的忧伤

然后从他的面部移过

最后停留在时钟的表面

仿佛焰火重新

烧制了一次死亡的表情

马家窑文化马厂类型·人头彩陶器盖

临夏市博物馆藏

所为何事

小口微张、目光深邃
一块普通的红泥
蜕变成摄魂夺魄的鲜活人形
惊愕、惊讶、惊喜的表情
经历了多少生与死的考验？
冲洗，揉捏，镂刻，打磨
在暗无天日的烧灼里淬炼煎熬
忍受几千年，几万年
所为何事？
所为何事？
肉眼凡胎的微差，何以
体味一件有思想的器具？

仰韶文化中期·陶俑首
甘肃省博物馆藏

迸发

它勘破了人间的战栗
以泥土的本质沧桑
以黄河的气势怒吼
以君子的姿态淡泊
以平民的日常圆满
它的身体里
蛰伏着雷电、火焰、鱼骨和
一个匠人的泪水汗水
它的花纹里
行走着泥土的命运
它的思想
平息了五千年的一次炸裂
它是马家窑的一只蚯蚓

疏松了封存的一罐陶土

因为众生的抚摸

迸发出阳刚之美

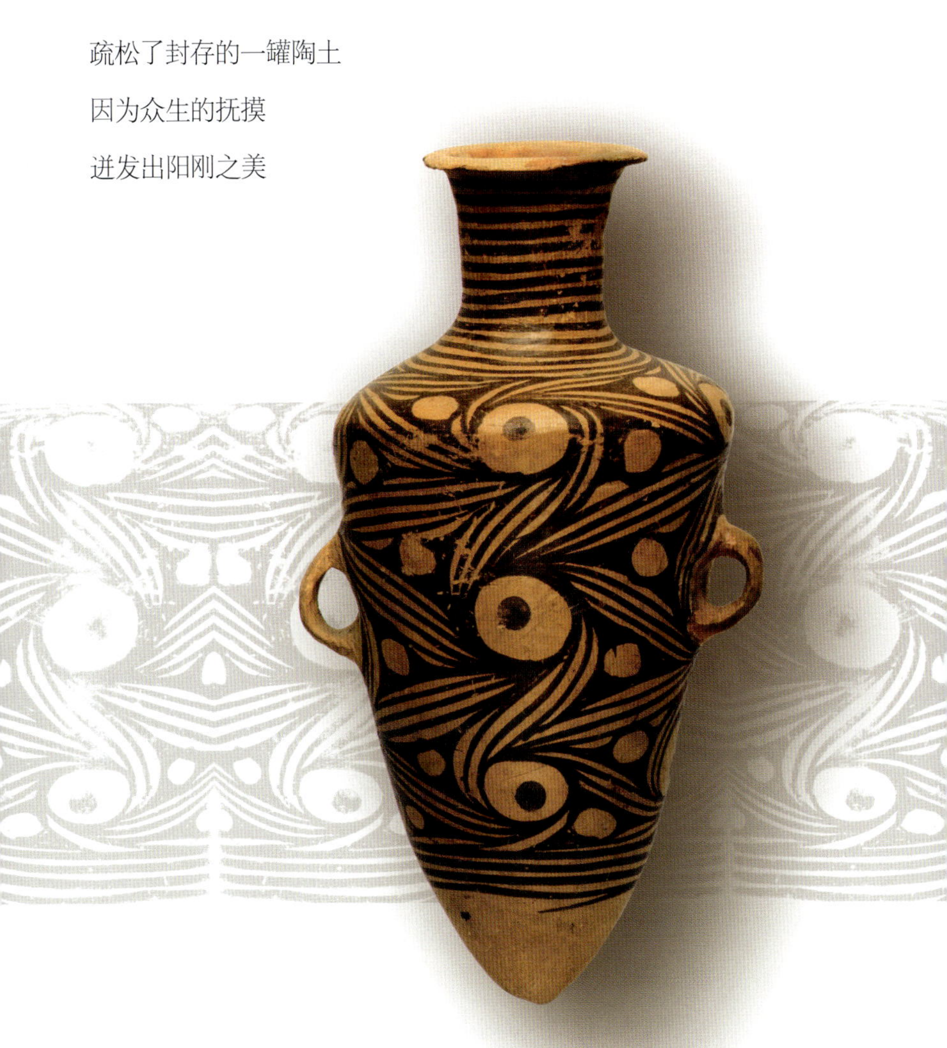

马家窑文化马家窑类型·旋纹尖底瓶

甘肃省博物馆藏

守口如瓶

他们说

你是仰韶文化遗存的典型

他们说

你寓示着阴阳交合

人类繁衍不息

他们是灰色的文物收藏家

惯于缓慢地探测黑暗中的黑暗

可你到底是谁?

关于你的故事

是谁在守口如瓶?

为何，你幽深的心事在瓶口蔓延

漾起的黑色波纹却乐开了花?

为何，你双耳大张

是想要倾听人们

如何探寻你的秘密吗?

无论你想怎样，无论历史

如何将血气、曲线、轻狂、欲望

纷纷旋入你的胎体

我的笔

都只能在原地跋涉

任何关于你的想象

都是自以为是的深渊

仰韶文化·黑彩人面纹葫芦形陶瓶
正宁县博物馆藏

狗语

翠翠的大黄看脸色

老舍的大黑伟大而重要

鲁迅的梦犬善辩解

杰克·伦敦的巴克有着野性的呼唤

彼得·梅尔的仔仔妙语连珠

一只汉代的灰陶狗呢?

仅仅是人世与天堂的联结吗?

整个世界都在等着它吐露一言半语

汉·灰陶狗

宁县博物馆藏

穿越黑暗的鸟鸣

身着赭石色内衣和绿色长裙的女俑
一觉醒来，发现自己是在 2001 年的庆阳
她是多么的有幸！
不是在“事死如事生”的殷商
而是在庆阳的一阵鸟鸣中醒来
沉睡了 1290 年
才听到这一声鸟鸣
这是那位在墓碑上睁眼的穆泰将军
无法听到的鸟鸣
也是那位荒淫残暴征敛无度的纣王
无法听到的鸟鸣
仿佛她活到今天

挣脱双手束缚的奴隶

挣脱王朝至高无上的权力

就是为了听到这一声鸟鸣

仿佛整个世界变成一片和平繁华

就是为了让她穿越黑暗

听到这一声鸟鸣

唐·彩绘仕女俑

庆城县博物馆藏

前世的俑

是聆听

是虔诚的叩拜

还是王权贵族踩踏而上的脚凳

我无从考证

只是透过玻璃

我想问

你是谁，你姓什么

你黑色的发髻下掩藏的

可是一腔苦涩的泪水？

千年的王朝已曲终人散

这世间

还有谁经得起你如此的低附

起来吧，挺起脊梁

这一世，我们都要血气方刚地活

绝不做人间的俑

唐・彩绘灰陶跪拜俑
庆城县博物馆藏

时尚的云彩

是金子总会发光

在一个隐身的世界练习千年

他终于登上舞台

他的表情遮掩着黑色的脸庞

他的信仰被黑夜敬慕

他的思想自他的教堂

复活倾诉

他站得离我们那么近

明明是静止之物

却在不绝的惊呼中升腾

时光，灯光，星光

万物浩荡行进

皆想一试新衣

他呀

他可不是什么黑人舞俑

他是一片引领时尚的云彩

唐·彩绘灰陶黑人舞俑
庆城县博物馆藏

大唐的美

据说大唐的女人风华绝代

可她只是普通的女人

普通的女人不该有光芒

可她有

在持箕的手上

在躬着的腰上

在温和的眼神里

大唐的风华

被她辛苦照料

大唐的繁盛

被她宽大的臀部祝福

普通的女人不该有智慧

可她有

所有被她的汗水淋过的黑暗都知道

是她，是她们

创造了大唐的美

唐·彩绘陶持箕女俑
宁县博物馆藏

黄沙里的柔软丝绸

张骞的骆驼

三毛的骆驼

商旅的骆驼

英雄的骆驼……

万里云崖黄河远上

无数的骆驼

踏着瓷器铺垫的大道

叮当着烟痕演绎的故事

从长安出发

用啃食盐巴的执着

翻山越岭

把黄沙漫天的岁月

踩成

柔软的丝绸

唐·彩绘灰陶骆驼
庆城县博物馆藏

重启

一个姿势
重复了一千年
为了主人黄泉下的路途
与尘世毫无二致
这历史的小人物
每天牵马坠镫
在地宫里忙忙碌碌
直到某天，头顶的地面松动
一个小人物的价值重新开启
同样作为一个小人物
我能体会他的苦
但，我不希望再听到他的哭

唐·彩绘灰陶牵马俑
庆城县博物馆藏

那时的你

十年寒窗苦读，一朝红袍加身
双手便紧紧地握住
大唐的千里江山
恪尽职守，勤政执政
那时的你相信，三寸不烂之舌
可以化解三千里外一场人性的厮杀
那时的你，齐家、治国、平天下
定然不知
天下苍茫，兼济不易
世上已无宫殿
你我命运沉浮其间
历史是身体里的一朵睡莲

唐・彩绘灰陶文官俑
庆城县博物馆藏

俑的戏

泥捏的俑

火煅的俑

滑稽的俑

吹曲的俑

死去的人活着的俑

重新穿戴好行头

开始一场千年不散的欢会

别再说人生不过一场戏

俑的戏，是全部

即使时光白驹过隙

也要把身段、唱腔、表情

心酸和血泪

点燃成永恒

唐·彩绘灰陶滑稽戏俑
庆城县博物馆藏

鸱鸮解说词

鸱鸮，猫头鹰
类人的面盘
洞悉黑暗的双眼
主宰夜空的能力
无声飞行的静谧
周代的图腾
商代的悲鸣
后世的诋毁
鸱鸮对有关自己的解说
甚至恐惧，都一无所知
它的领地属于光明的背面
抬高三尺，或贬低三尺
它也不会缺席

一生恪尽职守

用鹰的目光啄夜的空

汉·褐黄釉鸱鸮
庆阳市西峰区博物馆藏

一杯酒外

黄、绿、白……

1300 多年的色彩

装扮过盛唐的天空

装满过盛唐的月光

包括诗人和美人

当漫长的黑暗升起

它只是一个倒空了的酒杯

把繁华献给了时间

把世界倾泻出来

在一杯酒外

看岁月挥毫泼墨，纵横驰骋

唐·鸭形柄三彩角杯
庆阳市博物馆藏

鸭先知

一定是有了这只黄釉陶鸭后
才有了
“竹外桃花三两枝，春江水暖鸭先知。”
它在惠崇的画里，做了一回先知
把贫瘠与荒凉
从冰封的水面消融
把春天的嫩绿
喊成流畅的拟人句
只要一条不大的河流就够了
看它凫水、扑腾、戏嬉
像黄色的、白色的船只
满载着向往与自由

汉·黄釉陶鸭
庆阳市博物馆藏

数斟已复醉

没有

秦皇汉武唐宗宋祖

只有

挈壶相与至

壶中月是故乡

壶中酒是仙灵

数斟已复醉

那挡不住的诗意

汩汩汹涌

随地一撒

到处都是叮当作响的绝句

唐·灰陶执壶
镇原县博物馆藏

第三章

千山万水不期而玉

怎样才能让我的词语
配得上你的出现
为了世人的意境里
有个不一样的你
我灵魂的笔
一行行沿着星星的轨迹
一直要写到遥远的新石器时代
你看，插花的女子明眸皓齿
芬芳不可遏止
以至我不能在
很简单的标签上认识你
我必须穿越明清，翻越大唐
途经西汉和商周
像一只掠过秋天屋顶的大雁
为这千年之遥的相聚
披一身露水

一片云的命运

三千年前的一片云
不知被放置在谁的黑夜
与谁人肌肤之亲，一觉醒来
亦不再那么素面朝天，那么干净洁白
你看，她蜡黄返黑的身体上
已经流着红褐色的血
我在想
即使把一片冰心放在玉壶
终究会温润，温柔，直到温暖
如同过了喉咙就想吼一声秦腔的黄酒
可人
总是常常迷失

周·青玉璧
庆城县博物馆藏

在别人设置的命运里不能自拔

分不清自己和自己的影子

三千年后的一片云

躺了三千年

就为跋山涉水看见黎明

就为了落下一场雨

把那些走丢自己的人淋醒

真正的歌手

蝉从不会正襟危坐

也不会消沉于污泥暗水之中

它们以树为舞台，以光为话筒

穿上各种鲜花的衣服

从遥远的地方赶来

蝉的理想绝不是挂在身上

或含在口中

它是真正的歌手

哪怕一生只赴一场千年的约会

汉・玉蝉
庆城县博物馆藏

辽阔的祭奠

“玉不琢，不成器”
从新石器时代的一枚石子出发
你就给自己担下了一项使命
春天，夏天，秋天，冬天
錾着，凿着，刻着，磨着
在黎明的朦胧里
在黄昏的阴影里
不停奔波
你要在夏至之前赶到方丘
四望山川，呼风唤雨
三权合一，治理八荒
把勤政勤劳的铁律
宣布成万古不变的箴言

把黄土地上的黄皮肤

黄稻穗，黄麦粒

带回家

新石器时代·青玉琮
华池县博物馆藏

从西周走来

天下之大

西州之远

我阅遍典籍

却不知你的前世是谁

你这块又丑又硬的石头

到底被谁打磨了多少遍

到底为谁沉睡了多少年，才

修炼成了人的模样

你脖颈的穿洞

你被束缚的四肢

是如何把一阵紧似一阵的痛

刻成时光深处的纹理

是如何把一滴又一滴的寂寞

滴落成晶莹温润

如果说

奴隶制是西周王朝的一台庞大机器

你就是那块

一直被权贵雕琢的璞玉

终有一天

在甘肃一个叫白草坡的地方

把所有的苦难修成正果

西周・玉人

甘肃省博物馆藏

玉刀时代

一块玉
被一遍遍切割
一遍遍雕琢
一遍遍打磨
一块玉
不再是玉
是刀，游刃于权威之上
刀光一闪，事物一分为二
历史喊出五千年

新石器时代・三孔玉刀

庆城县博物馆藏

吾的光

“化干戈为玉帛”

玉和戈殊途同归，以礼相待

不同的是，一件商代的

“乍册吾”玉戈

创造性地睁开了一只沉睡的眼睛

它把一个叫“吾”的人

推向崭新的黎明

“吾”被唤醒的空洞的段落

从长久封闭的历史的一侧走向另一侧

围墙高耸

“吾”在黑暗中缓缓地探测黑暗

“吾”说吾本一介凡夫俗子

山海沉浮，度岁月轮回

“吾”说吾本命不该绝

时光漫漫，风华正茂

“吾”说吾愿

吾的光借一件玉戈诠释

玉戈的脚步就是吾的脚步

商·“乍册吾”玉戈

庆阳市博物馆藏

王的天空

王的天空在草原

草原的王

在大唐雕匠的指缝间游走

旋转，刀刻，水洗，揉光

仿佛在时间里寻找缝隙

仿佛要在玉体上凿开一条生路

骨头里的爱与恨，悲与壮

命运里的权与贵，贫与贱

将一个朝代擦亮

王的吼声，迸溅出火星

王的背影，在玉石不断的敲击声中

潜入黑夜

王的天空

一只石狮神情专注，试图

稳住内心的风暴

唐·白玉雕狮

庆城县博物馆藏

把你的瑗带回

“召人以瑗，绝人以玦”

语言抵达不了的部分

幸好有一种信物可以传达思想

像新石器时代的玉瑗

总能穿越千山万水

去见一个人

一生中有这样的一次，足够

把我的心脏给你

把你的瑗带回

即便

它是

五千年历史上的一个玦口

齐家文化·玉瑗
庆阳市博物馆藏

携带四季

沉睡了亿万年的春
被唤醒
翠绿
泼洒在大地
冰一样的肌肤
心灵剔透
于万千的石头中
遇见彼此
所有的语言
突然有点苍白空洞
只想把四季携带
像永不干涸的河流
滋养生命

明·翡翠镯
宁县博物馆藏

第四章

你的瓷我的词

你的瓷，在古老的窑中烧成
我的词，从我此刻的心里说出
你的瓷与我的词
走过漫长而黑暗的通道
得到了神的祝福后相遇
当它们降生，它们就有了从内部
发散的光芒
或古朴深沉
或力透纸背
它们的思想，一起
镶嵌在最尊严的位置

人间烟火

喝碗酒
吃碗肉
这一碗人间的烟火进进出出
没有片刻是因为磕碰记恨的
更多时候
青菜和米饭构成满足
偶尔
荤腥就是惊喜
在需要的时候
宋的手，元的手，清的手……
递过来
温暖，就在指尖荡漾
盛满，空置

端起，放下

心中的水平了

一切都会若无其事地进行

宋·钧窑天蓝釉瓷碗
庆城县博物馆藏

红的念想

红釉、红酒、红玫瑰、红色的青春

红宝石、红盖头、红嫁衣、红色的热血

红是力气，是情书，是不死的热望

是接住了暮春之后的第一缕阳光

读红、写红、醉于红

却依然按不住“祭”字头上飞舞的雪

覆盖不住内心被烟熏黄的苍凉

一生要付出多少热血才能形成“红”

一生要饮下多少血泪悲欢

才能举起酒杯中的红

一生要上多少次祭台

才能分清自己和自己的红

如果世间已找不到真正的红

这 1200 度高温烧成的红

可以接近所有

关于红的全部念想

明·祭红釉瓷瓶
庆城县博物馆藏

和平的代言

雨过天青是大美
草本的蒺藜是大善
绿釉蒺藜火球是大恶
它的心里装着一堆火药
有残暴的硝，愤怒的硫
以及北宋王朝壮志未酬的磺
一经点燃
贪婪的火焰
滚烫的利刃碎片
戕害一切生命
为何不让绿釉呈现自然的绿？
为何不让蒺藜呈现活泼的绿？
当历史褪去了硝烟

绿釉蒺藜火球

就是和平的代言

宋·绿釉蒺藜火球
镇原县博物馆藏

万世芳华

“玉壶买春，赏雨茆屋”
风动竹摇，琴音绕梁
它的体内
蓄了一池花开的流水
轻轻一啜，醉了江山
爱与欲，烟与云
一遍遍
方寸间辗转
唇齿间缠绵
无须刻意追寻
放下杯
山河沉入静里

万世芳华

质朴天成

宋·玉壶春瓶
华池县博物馆藏

碗里的民族

不能依着大宋的栏杆
只能临窗而坐
观赏三鱼得水
在一碗红尘的意境中
细思年年有余
关于荤素、味道、分量
无须道明
只需看一眼一扫而空的碗底
关于故事、责任、担当
无须细言
从一勺清水到二两米汤
泥里长，火里熬
连菜带饭，捧起海一样的人生

一只碗

把日子延续成一个民族

宋・耀州窑青釉刻花三鱼纹瓷碗
环县博物馆藏

大地的供养

日出东方，向阳而生

千年的魂魄

1200 度的煅烧

上釉的花朵

素朴、温润、喜悦

在纯净的青绿里

柴米油盐的心跳

都俯下身来，感谢

大地的供养

宋·耀州窑青釉葵花纹瓷碟
庆城县博物馆藏

梅语

看一只金代梅瓶的心情
紧张、复杂、忐忑
仿若从宋辽的厮杀深处
走出一位古典的美人
她的身体里装满了星空、阴冷
和黎明前的黑暗
对着时间的微光再细看
几颗釉泪给了她一张新的脸
那是火焰在哭泣
那是百年前一株梅枝的无限眷恋
那是烈火在对一只梅瓶送行
如果凑近耳朵去听
你还会听到细微的破碎声

就像一个朝代

覆灭之前的挣扎与呐喊

金·黑釉剔花忍冬纹梅瓶
华池县博物馆藏

写一部陶史

写大宋的天青

写西夏的刻花

写元瓷的深底

写大清的褐彩诗文

写晨曦和梦想美得像一句诗歌

写祖母酿酒的物什涨满了汁液

写咯咯的笑声泛着生生不息的釉光

写磁州窑——

一部丰富硕大的陶史

清・褐彩诗文四系罐
宁县博物馆藏

青花绝唱

白衣在泥胎上挥舞衣袖

青花在长亭里弹雨打芭蕉

在大地上行走的十八学士安居瓷中

与一朵又一朵青花交谈

那唐的、宋的、元的、清的笔锋

划过好山好水

墨痕留在素绢上

那千年的魂魄呀

在景德镇的土窑里锻造

釉下的彩在纯净的蓝里

都俯下身来，任时光检验

清・人物纹敞口青花瓷瓶
庆城县博物馆藏

蝶恋绿

短暂的大辽，匆匆的花事之后

五只蝴蝶从姹紫嫣红中回过神来

深陷于汹涌的绿

一只是庄周，梦里遨游八荒

一只是梁祝，翩翩起舞彩色的爱情

一只是落难的君王，把填好的词灌进酒杯

一只薄如丝绸，缠绕着月色中的蓬勃

一只飞到长满青草的墓园，焦急

寻找依傍

拂去尘埃、浮名以及肉身的羁绊

世间的蝴蝶，不只恋花

更恋绿

辽・绿釉葵花形蝴蝶纹瓷杯
正宁县博物馆藏

仿佛除了绿

再也没有能让人舒心的美

庆生

盛过酒也盛过豪情
那场轰轰烈烈的宴会后
马蹄的搏击声，和王
一并消逝在一壶陈酿里
一只高足杯
在近千年的颠沛流离中
自己将自己举过头顶
为复活庆生

元・釉里红高足杯
甘肃省博物馆藏

安居瓷中

白陶承于天光
青花沉于釉中
百年之后
风过、云过
牵牛的少年不知去向
一些故事破碎
一些故事被束之高阁
那些在釉下描绘青花的人
已退入旧时语境
那些在大地上行走的人
皆安居瓷中
采摘耕种，谈笑风生
涵养精神，造化万物

像白云轻叩蓝天

阳光敲响花朵

清·青花山水人物画瓷盘
庆阳市博物馆藏

第五章

血脉里的炽热青铜

无非是把一块金属
投入沸腾之炉
无非是无数块金属
被反复锻打后有了正形
无非是铜生日月，鼎悬九龙
国之大器——从夜壳中
脱颖而出
以风的姿势
唤醒鸿蒙荒原
以剑的锋利
开启血火文明

虎的力量

有一种权力叫虎虎生威
有一种图腾叫虎的力量
西周的王们高举酒觚
如同举起长矛，原野
和浩浩荡荡的黄河
万里江山厚重
一只铜卧虎的寓意
越过了最高的山峰
小河激荡，大江滚滚
上古时候遗落的王
啸声锈迹斑斑，却让风
都感到威猛

西周·铜卧虎
庆阳市博物馆

剑的江湖

“带长剑兮挟秦弓，首身离兮心不惩。”

听，这声音，春天的惊雷一样

一字一句，嵌入山川

听，这声音，海浪的涌动一样

一起一伏，叠成磐石

是繁华，是呐喊，是厮杀，是悲鸣

是铁血恩仇，是生和死

是祭奠和悲壮

一把挥舞 2000 年的剑

在时间的鞘中喧腾，呼叫，激愤，灿烂

出生入死，大声歌唱

为壮丽的史诗写下注脚

如今

剑老了，退出了江湖

用锈，用那些发着绿光的苔痕

密封千年不死的雄心

那是剑被风雨佩戴上的勋章

是剑一生不可磨灭的荣光

战国・对鸟首绳纹铜剑
镇原县博物馆藏

行进的壮阔

先是一片青绿辽阔的草原
万马嘶鸣的草原
大象健步如飞的草原
牦牛精神抖擞的草原
而后是风中叩着长角
信念刻入额首
向着鄂尔多斯、西伯利亚行进的壮阔
以及炊烟、经幡、帐篷覆盖的壮阔
先人们
在这种壮阔里淬火
深深埋下热爱和骨血的灼痛
产出坚硬的青铜——
盛世的荣耀

战国・青铜大角鹿
甘肃省博物馆藏

时光的伤口

必须是在玉门市火烧沟
必须是距今 3400 年的四坝文化
必须是权力和身份砸出的一个墓址
苍天在上
权杖在下
周围弥漫着王权腐朽的气息
浮世的羊
自由散漫地吃草
最早青铜镶嵌艺术的锈迹里
时光舔着流血的伤口

四坝文化·四羊首青铜权杖头
甘肃省文物考古研究所藏

我有爵，你有酒吗？

“贵者献以爵，贱者献以散；尊者举觯，卑者举角”
承载着酒器、礼器、身份
爵穿越千年
踩着让它炉火纯青的工匠
在狼藉的酒桌上一再被碰翻
从豪华夜宴到奢华陵寝
王的面容比丝绸腐烂得还快
烈日炎炎，酿酒的麦子一年一年生长
爵尊贵的身份侥幸保存下来
被镌刻成一段华丽的铭文
为了漫长隧道另一头的光亮

它无意中保持了所有元素的大美

为了这稀世珍宝从埋入到掘出的宿命

为了那些渴望遥远的目光

为了它的至爱：烈焰与红唇

来，我们干杯！

商·“鸟祖癸”铜爵
庆阳市博物馆藏

一张疼痛的白纸

公元 2022 年 11 月 7 日，立冬
不只是日历翻过了简单的一页
而是时光从活着的树木身上
夺走它们的叶子
我铺开一张白纸练习汉字的偏旁
在“名”字的长撇里，遇见了
那人——王莽
他在 1900 年前的皇家图书馆里
同样铺开一张白纸
构筑人类最早的小康社会
提笔，庄严地落墨，在秘密的

酝酿中，我知道那张纸疼的地方

它缓慢、踉跄、急功、近利

晕染，又闪光，纸面之下

埋着刘歆和十五年的新朝

一些哀歌，一些哀鸿，一些长矛

一些褴褛的步履

将内心的一页纸撕裂

疼的时候，墨尚未干，凛冽的黑暗

将儒家的心跳、心经推到顶巅

而如果有可能

我想用一点墨，洗净那块铜诏版的

呼喊与沉冤，再用一杯水酒

擦干一位文化学者悲情的泪水

而如果有更大的可能

我会提笔，在一张白纸最初的地方

蘸下山川和江河

马不停蹄入京

落笔生根

对新朝做一次秘密的救赎

对王田、平市、废奴，行居士礼

西汉·新莽铜诏版
庆城县博物馆藏

千年万年以后

千年万年以后
某个黄昏，大雪纷飞
几个人盯着这长柄的物件
比比画画，喋喋不休
温酒、煮食、军营警示
语言考证，联想如大雪纷飞
春秋时代的寻常物件
掉进光阴的隧道
看不见何处可邂逅的温暖
只任由后世注视、展陈、演绎
成就遗世的孤独和绝色

春秋·长柄铜鐎斗
宁县博物馆藏

剑的理想

变成剑的痛楚

就像飞蛾扑入火光

五脏六腑嘶啦一下不见

可是

一想到马和马背上长发及腰的姑娘

剑执拗地以血淬炼

辽阔的草原无边无际

马的鬃毛上

一团烈焰

那个奔赴了三生三世的约定

接过剑

就到了

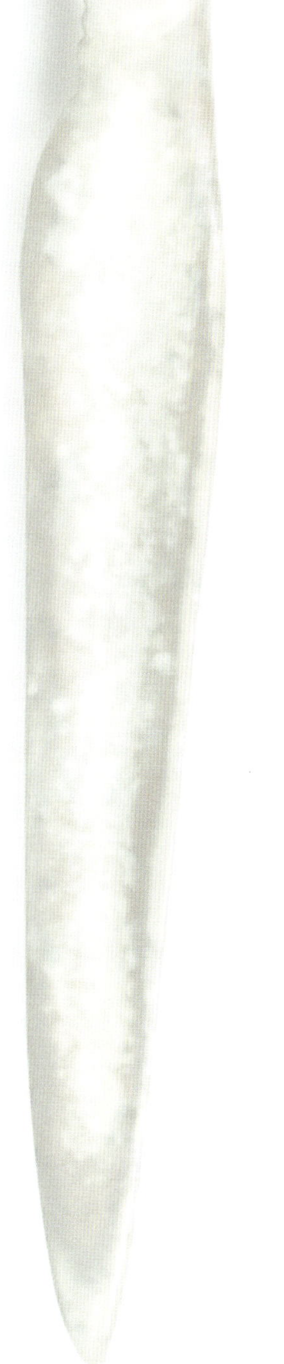

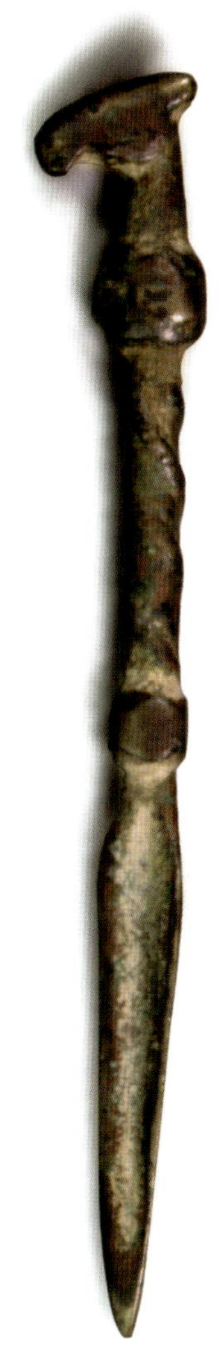

战国·马首柄铜短剑
张家川县博物馆藏

铜量壶说明书

主要成分是铜

有着炉火刺目光亮的铜

主要作用是量器

容积 3230 毫升

主要的族部是四字箴言：公平正义

主要的思想是时光里质地纯粹

主要的禅意是空了再次装满

也许历史就是一只经历风雨的铜量壶

时间在它的身体上生锈

却敞开了它声音洪亮的故事

每听一次

战国·“区豆”铜量壶
正宁县博物馆藏

它的延展性就宽阔一次

每考量一次

它的淬火就烫伤世道人心

在一面
映照苍生的镜前

铜鉴、清鉴、宝鉴、照子

青龙、白虎、朱雀、玄武、神兽

埋藏了千百年的金属

隐藏着另一个世界的秘密

从上古到宋元明清

每一面镜子都叙说着愿望

或“海上生明月，天涯共此时”

或“不知明镜里，何处得秋霜”

每一个从镜子面前走过的人

即使没有任何声音

也会留下灵魂深处的凹凸有致……

汉·日月铭纹铜镜
庆城县博物馆藏

远行

天马行空只是一种设想
马踏飞燕只是一个传奇
它的理想是在辽阔的草原上
追出风的神韵
看吧，它的前蹄腾空
后腿飞扬，长尾甩出云朵
惊恐回望的雀儿
不过是五千年图腾刻下的印记
日暮斜阳下
翻开历史的长卷
雄武大汉已隐匿浩渺星空
一匹马嘶鸣而过
勇士们都站了起来

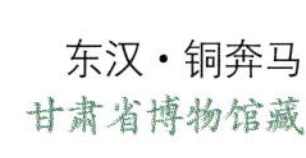

东汉·铜奔马
甘肃省博物馆藏

漫不经心的牛

无论哪种牛，都活得漫不经心
漫不经心到从不计较身后的重量

再陡的坡，跪着，也要拉上去
即便是被熔铜的汁液浇铸的牛
也愿憨笑着拖起长尾，在咒语喃喃中
为本教信徒拂扫顽疾

六谷部的尘烟还在垭口缠绕
曾经牛一样的人早一睡千年
一头牛依然漫不经心地
弓腰负背人间
它在为谁铸魂？

元·铜牦牛
天祝藏族自治县博物馆藏

盛光的器皿

他们说你是：

铜连枝灯

十三盏连枝树灯

仙人灯

摇钱树灯

我说：你就是

豪门夜宴灯

是王的金樽、妃的红唇

是权贵们东倒西歪的狂欢

你不是光

你只是盛光的器皿

是能工巧匠们执拗拨弄的一团火焰

当他们将自己燃烧为灰烬时

东汉·铜连枝灯
甘肃省博物馆藏

你才摆脱了黑暗的辖制

你这盏长期生活在黑暗匣子里的灯

如果不能借助

历史这只厚重的手

把铜的智慧植入

让人们从内心苏醒

你就辜负了光的进入

千古绝响

一组历经风雨的铜编钟
把一个时代四散的灵魂重新聚拢和扶正
一千五百四十七年了
铜编钟以足够的坚硬
奏响了前世的千古绝唱
征战　朝见　祭祀　宴飨
铜之韵，流淌着思想的闪电
钟之魂，描绘着故事的华彩
金音之曲敲开了每一个诸侯的天空
酒樽里冒着热气，他说：
战事正酣，且饮下这杯
我们何不马革裹尸还
他说：你的琴台、瓦砾、茶水

多情的日月都曾光顾过

世上最动人的场景是

隔着橱窗，你所悼念的一切

都还活着

春秋・铜编钟

礼县博物馆藏

负重前行

“有甲之虫三百六十，而神龟为之长”
青龙、白虎、朱雀、玄武谓之四灵
龟传人王、龟助人杰、龟卜吉凶
龟币、龟衣、龟佩、龟趺碑
上下五千年
龟和皇权富贵并肩齐名
没有哪个朝代，不想以龟为图腾
千秋万代
没有哪个人，不想以龟为寓借
长命百岁
龟小小的身躯
背负着人类欲望的壳
负重前行

魏晋·铜龟
甘肃省博物馆藏

孔里的世界

时代的遗存
历史上的货币标准
元宝钱的起源
信用钱的典范
欧阳询的制词
上面满布时间的暗影
有阴阳，有背“月”
有曲折的改制
一个孔
就能看清世界的全貌
一次流通
就能考验人心向背

唐·开元通宝
庆城县博物馆藏

生命的炭火

煮酒的炭火

烤肉的炭火

取暖的炭火

从童年燃到中年

从老屋走到高楼

从草原部落飞马中原

记忆将它们的音容收藏多少年

为何还不忘却?

为何还不忘却

因为

在时间漫长的黑暗中

最后的铜

需要火抵挡冰雪

元・釜罩盘组合式铜火盆
庆城县博物馆藏

第六章

石头里的修行

经书转轴，梵音缭绕
每一块坚硬的石头
都有一颗柔软的心
里面住着一尊慈悲的佛
每一个点上香火
沉默、祈祷的人
都是另一块石头
带着想最先沐浴晨露阳光的心
把自己囚进石头里叩拜
碑石寂静，佛祖低眉

赤裸的愿望

赤裸裸的皮囊

赤裸裸的金钱

赤裸裸的愿望

在胸腔疯狂

两千多年

面对金钱，我还是会说

“我爱钱，我想有钱，我想坐在摇钱树下数钱”

我想买下世间一切我想拥有的东西

可是，我最终

没有买来白天和黑夜

我的生命

不如一块石座长久

西汉·浮雕人物石摇钱树座
甘肃省博物馆藏

灯亮后

公元 428 年
一个叫高善穆的人
修塔——“七佛一菩萨”
宝顶天穹苍苍
颈肩八佛无语
颂世间慈悲
塔基八像欢喜
报养育之恩
兀立塔顶的北斗七星
比时光正直
灯亮后
光和光相随
刹那和永恒相遇

北凉·高善穆石造像塔
甘肃省博物馆藏

那一刻，读塔

读塔：就是让眼睛遇上光芒
站远了看，凑近了看
看一个无名雕塑家
如何让整个北魏时代重新活过一遍
那一刻，统治了 149 年的拓跋氏走了
但他们代表的最高雕塑艺术水平还在
那一刻，善男信女们下山了
但夙愿燃尽的灯塔还在
这是一个王朝最后的归宿，我读到——
“甘肃省中东部庄浪县出土
石造像塔呈阁楼式，高二米六
五级塔身，自上而下

诸佛秀骨清相，褒衣博带”

每个时代，都想刻下自己的碑

那一刻，读塔

我看见有无数道目光

从塔体内破空而出

宽广、慈悲、平和

带着它无边的接纳和丰富的想象

祈祷着这婆娑世界

开始了平静而安好的一天

北魏·卜氏石造像塔
甘肃省博物馆藏

故事的结尾处

时光收敛，经书打开：

迎佛图、佛涅槃、仰覆莲、哀伤坠地的飞天……

悲壮跌宕的故事，如远山呈现出大美

那些在故事中阿弥陀佛的人

或成莲，或成神，或成舍利子

珍藏于世道人心

被每一颗心虔诚供奉

如果从故事的结尾处返回

重新打量这个石雕舍利棺

它就是生死轮回　万有皆空

同属众神和众生

唐・大云寺五重舍利石函
甘肃省博物馆藏

天
还是那片天

人还是那个人
姓李名耳号老聃
两只大耳貌不出众
郁郁骑牛出函谷关
像访友也像隐世的老人
山高坡陡种下五千言

水还是那个水
从天上贬落人间的雨
从黄河奔到长江的水
水浊水浑都叫上善若水

白云之下

青山四围

天还是那片天

昨天的窗台上一堆残雪

今天一只鸟丢下翅膀

一朵花两朵花 ……

千万朵花在枝条上吐蕊

历史还是那段历史

一千年前宋庆州知府康德舆

用一座山的重量匠心独运

从此

庆城县博物馆里的道德经幢

是五千年圣典里的缩小版

宋・天庆观老子道德经幢
庆城县博物馆藏

一块石头的画像

我一直都在感恩
感恩西魏的某个石匠
用一双巧手
让一尊佛从一块沉睡千年的石头里
走了出来
他神光万照，却沉默不语
只向春风，微微一笑
他呈现出来的安详
让我怦然心动
我亦是沦落人间的一块石头
四十多年来

一直模仿着救世主的模样
在尘世努力向前爬行
我没有翅膀，发的光不多
但我相信每一块石头都有自己的使命
我相信每一块石头都是那么慈悲
因为
它的里面住着一尊佛

西魏・麦积山石窟 60 号龛正壁主佛

第七章

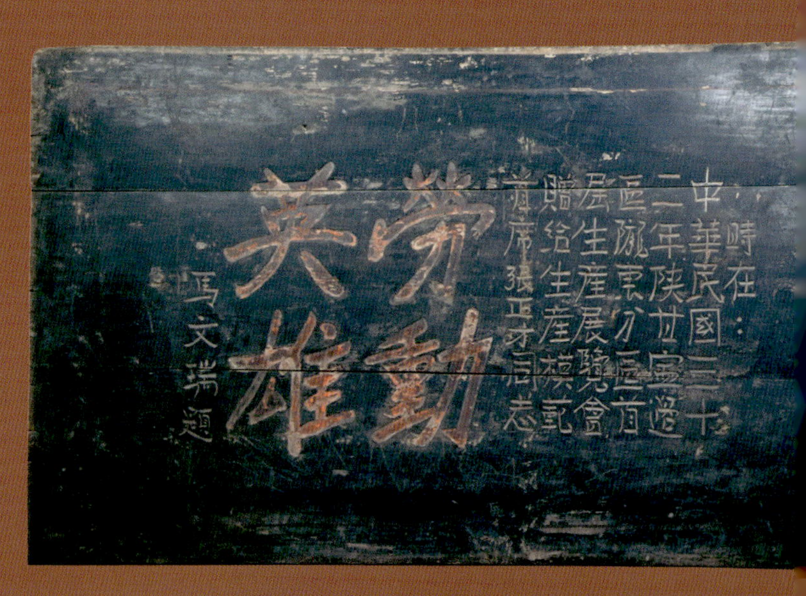

木头的梦想

脱色，但质地纯粹
积满了尘埃
但改变不了
曾为
一盘棋，一支箭的事实
木头的梦想
是高过人类的眼睛
触摸天上的星星
把火焰舐舔
让春色荡漾
一种生命
转化为另一种
留给世间

世界的剧场

投六箸，行六棋
白枭黑散斗巧斗智
在它们庄严的对面
坐着世界棋局的鼻祖
他左臂前伸，他右臂前伸
棋盘，把他们的友情羁押在严酷
的疆域，白枭黑散在那里互相仇恨

盘中的形体闪耀着文帝景帝武帝昭帝宣帝
魔法的严谨：
手持长矛的伍，全副武装的伍长
奋勇入侵的盾，最后胜利的王

即使文景武治已抽身离去

即使时间已将六博耗尽

但这种生死对决的仪式不会终止

这场战火从春秋点燃

如今它的剧场是整个世界

像历史的长河，永无止息

汉・彩绘木六博俑
甘肃省博物馆藏

箭的狂想曲

“流星逐飞羽，镞利能穿札”
箭，是百步穿杨的将军
是虎虎生风的征途
是翱翔九州的翅膀
是抖擞脊梁的夸父
是一位退役的老兵
是一个功德圆满的方向
是人群中多看的一眼
是箭杆上拖着的长长思念
是前世的情
今生的缘
是涂了蜜的毒
是浣纱的女子

三生三世煎服的桃花水

是弯弓射大雕的英雄

胸口剜不掉的痛

是两千多年悠然绵长

又如梭的岁月

汉・睢阳造箭
甘肃简牍博物馆藏

互相照亮的人

历史不是
一座古建，一处墓葬
甚至不是一根取火燧
它在更早之前，而且更冷，更饿
在森林深处，在沙漠边缘
在山顶洞，在大沼泽
我们茹毛饮血，并且痛苦惊奇地
拷问
一代一代，缘何幸存到这么久？
因为我们的骨头里藏着火焰
当黑漆漆的世界覆盖内心
我们取火，做成灯笼
并且成为互相照亮的人

汉·木出火燧
甘肃简牍博物馆藏

清平调

在庆州

一阵秋风　会吟出一首词

一首词会喊出刀、箭、戟、矛和

一根羌管

一根羌管会喊出将军

喊出范仲淹、韩琦鲜活的名字

喊出“熙宁梁栋垂千古”的赞叹

千年了，无数的木头把自己送进炉膛

为了一些最为重要的人

“熙宁梁栋”执念深重

历经烈火寒冰

在《渔家傲·秋思》的清平调中

不死，不朽

宋·“镇朔楼”木栋梁
庆城县博物馆藏

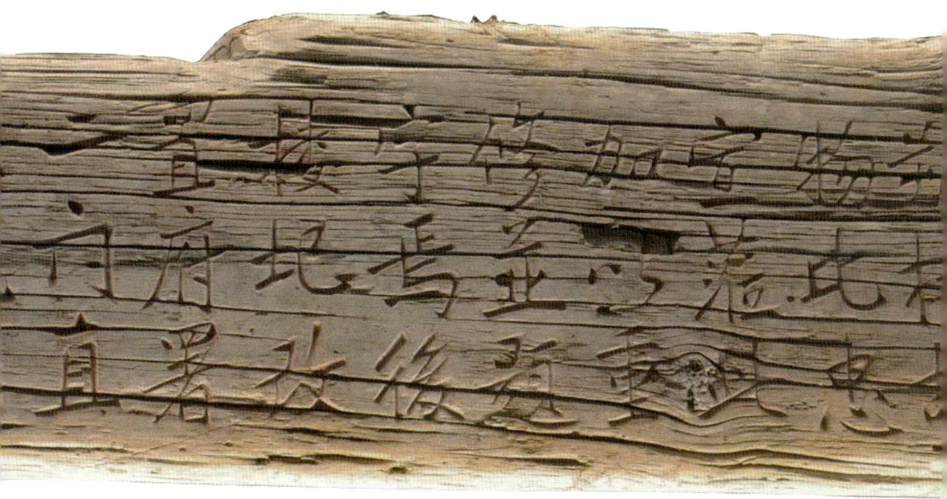

山一样的木坊

兀自独立

顶天立地

巍峨地站在——

周先祖不窋

教民稼穑、削土筑城的庆州

“周虽旧邦，其命维新”

一笔一画　一撇一捺

都是丰功伟绩

都是骄傲与显赫

山一样的木坊

海一样的气魄

以永恒站立的姿势

经历风雨

典范古今

明·周旧邦木坊

大后方

陈而旧的木匾
笨而重的木匾

除了劳动还是劳动的张振财
除了泥土还是泥土的张振财
十天开荒二十亩的张振财
收获粮食二十七石的张振财
叫作张铁人的张振财

做过门扇的破木匾
做过床板的破木匾
属于劳动英雄张振财的破木匾
属于党的代表大会代表张振财的破木匾

民国·“劳动英雄”木匾
庆城县博物馆藏

一块根本算不上什么奖赏的破木匾

旧而深的纹理上

流淌着大生产运动的滚滚热浪

一个根本算不上什么大英雄的张振财

厚而硬的手掌上

凸显着一个政党坚不可摧的大后方

第八章

文房里的明与暗

文房里
所有的文字守着方寸间的念
把千里江山起草了
一遍又一遍
所有的笔墨纸砚丰满着灵魂
把文明的色彩
勾勒成红尘和光阴
所有的身影
参透着某种思想
把一条路
贯通古今

世间最小的故乡

两千年前的匠人
建造了一座艺术的小屋
与墨长相厮守
日子被打磨成了汉乐府
行行重行行
时光被润色了一遍又一遍
笔和纸都去了唐宋
这片世间最小的故乡
守着方寸间的念
把花开花落调成
地老天荒的香

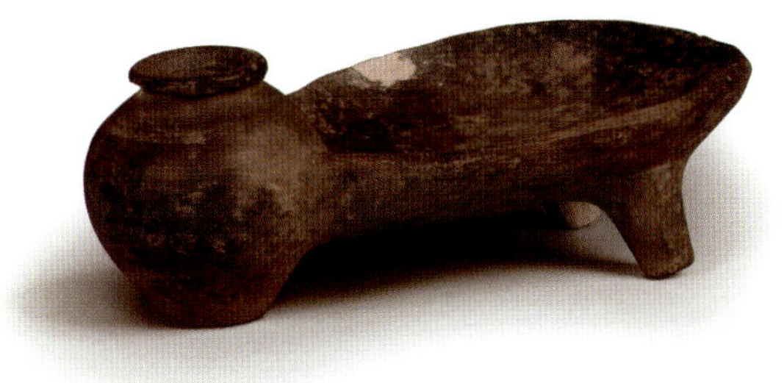

汉·罐形笔洗灰陶砚
庆城县博物馆藏

一尺之笔

百年文官作古
千年白马作活着
一尺之笔
从泥土的心底出发
饱蘸家国深情
把四百年的大汉风华刻在简牍上

回首静处
笔尖的性格刚柔相济
笔尖的思想顾盼生辉
小小的白马作
用永不生锈的柔软身子
虔诚地起草着

层出不穷的江山，和
古往今来的悲欢离合

西汉·“白马作”毛笔
甘肃省博物馆藏

惜墨如命

松脂不语，桐油生烟

墨与笔结伴而行

汗青上，落下永生丹书

别和墨谈颜色

墨的色彩是滋味

咸的、苦的、甜的……

有的读着读着就读出眼泪

有的种下的相思，难以下咽

有的散发出蛊惑人的芬芳

笔下的春天奔跑着邂逅

别和墨论长短

墨的使命是短暂地燃烧

汉·丸墨
甘肃省博物馆藏

写的人，握笔取暖

读的人，见字如面

文明的长度

夜色如墨
承载着悬泉置遗址厚重的嘱托
最早的纸
以单薄残破的身体
铺开人类文明的长度
从此
最早的隶和楷在此相约
一片净土，繁衍出一个民族的符号
所有的汉字整装待发
最早的纸
铺开的路万水千山

汉·“巨阳大利”纸
甘肃简牍博物馆藏

一言九鼎

归义，义归

氐王是谁

无从考证

但五十六个民族的交响乐

唤醒了你沉睡千年的梦

于是

你披着晋王朝的风尘

走出墓府

刀笔的洗礼

浴血重生

千百次的雕琢

破茧成蝶

方寸之间，古今轻轻一吻

晋·“晋归义氐王”金印
甘肃省博物馆藏

竹简上的草长莺飞

在武威磨咀子的土里
仓颉种上了文字
黑暗默读修复了两千年
大汉仪礼在竹简上发芽
莺飞草长，花开花落
隶书的墨香世代芬芳
惟殷先人，有册有典
一个民族的经学
光耀四方

西汉·《仪礼》木简
甘肃省博物馆藏

觉醒的
眼睛背后

资料显示它是一份完整的法律文书

人们惊奇于它神秘的古印度文字

可是

透过博物馆里无数讶异探索的目光

我仿佛看到了让·莱昂·热罗姆的《拍卖奴隶》

蜷缩发抖的孩童、裸体茫然的女人

冲动的喊叫、粗野的狂笑

额头上烙着印记

这是奴隶，这就是下贱的奴隶

这就是大唐“良贱”制度屈辱悲伤的局面

一千四百多年后

穿着尊严和自由外衣的新疆安迪尔古城

为我们采集了一段人类社会发展的罪恶史

佉卢文买卖奴隶简牍

是被束缚的灵魂

是肉体沦为鞭子抽打的骡马

是割断专制绳索的不屈信仰

是睁开觉醒的眼睛后

花香飘逸，太阳

从手掌冉冉升起

唐·佉卢文木封简
甘肃省博物馆藏

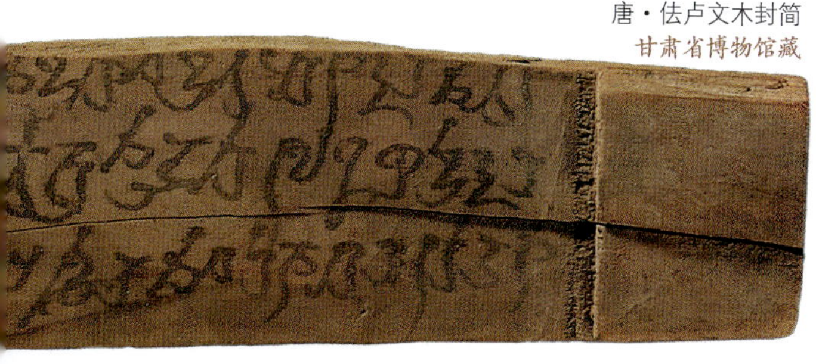

万物的尺度

金塔县肩水金关出土

木质，一级文物

如果我们坐在阳光下，只需

谈论一把汉代的木尺

历史给出的这些细节和佐证

已经足够

如果要谈论人生的尺度

就要站在公正的角度

衡量对比别人的高度

汉·木尺
甘肃简牍博物馆藏

第九章

他山之石

千琢万磨

方成大器

历经沧海桑田

终于绽放异彩

那一骑红尘

那一曲吴声

那一根绣针

……

擦亮寒夜

微光，抚平灵魂的陨坑

思想，助推历史文明的车轮

吴声一曲

“四座暂寂静，听我歌”：
箜篌里有月的清辉
琵琶里有夜色的缠绵
琴弦上上下下，最美的吴声
以工笔壁砖描绘心弦
圆满的杯里，王权贵族的笑声
哈哈漫出
残破的碗里，盛着饥寒交迫的生活
一曲《阿子歌》
把魏晋遗风拉得很长很长
长得无边无际

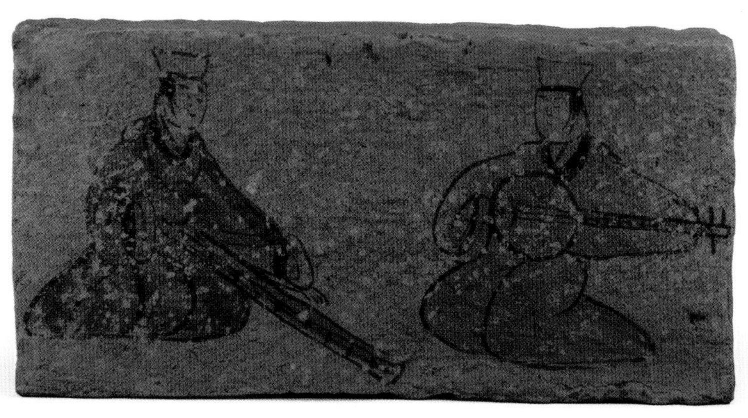

魏晋·宴乐图画像砖
甘肃省文物考古研究所藏

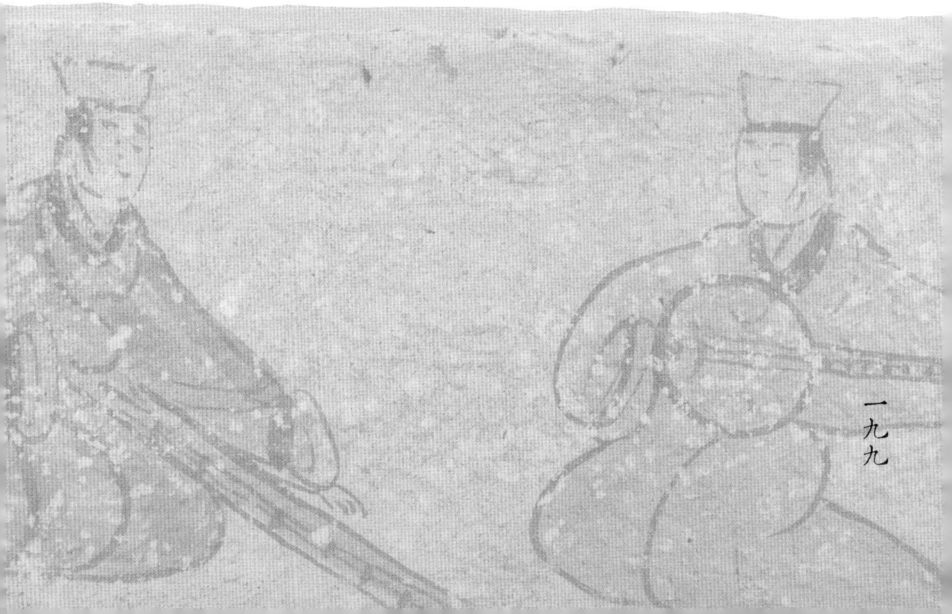

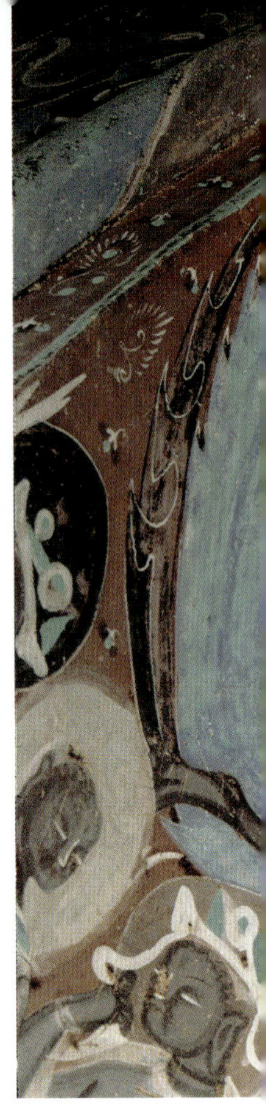

那日，敦煌风急

那日，敦煌风急

从高处而来

从低处而起

抓着栏杆看壁画

那些飞天，彩裙飘带

云霞迤逦，鼓瑟吹笙

牵出一个个浩如繁星的故事

再看石窟里的佛

都有一张斑驳的脸

不谈经，不修道

只和对面一个流泪的人

敦煌莫高窟第 249 窟 - 西壁龛顶 - 伎乐飞天

隔空拥抱了一下

落日天涯

那一抱

人间的慈悲又伸长一寸

破土而出的种子

武威磨咀子汉墓里的银针
锈了两千年后，钝重的锄头
终于挖开了黑暗和春寒
翻耕出荒芜已久的桃园
一颗大汉人物绘画的种子
破土而出
盾牌戟戈，左右营门
戍边屯田，昌盛山河

汉·绢底平绣人像
甘肃省博物馆藏

穿越岁月的牡丹

那朵牡丹，穿越了岁月
却栽进了一只碗里
同事们惊叹着：总算看见了真的金饭碗
牡丹微笑着丈量自己，在鉴赏把玩者的手里
花瓣不凋
一个朝代，如果
只剩下一只簪花牡丹纹金碗
这得盛过多少悲凉的秋风
多少忧伤的寂寥
再看一眼这只参过王拜过相的金碗
和呼伦湖畔的拴马桩一样

空空如也

我还是喜欢瓷碗、粗陶碗

它们来自泥土，出身卑微

却容得下茶、酒、米、面

把它们翻转过来

就是一座乳房

喂养，延续人间

西夏·刻花折枝牡丹纹金碗
武威市博物馆藏

猪的一生

喜欢吃猪的肉
但从来没有感恩过猪
羡慕过猪的生活
但从来不愿提及猪
猪的一生
理所当然的一生
卑贱的一生
直到“汉八刀”的猪玉握
炭精的猪形握出现
那些想把权力和财富掌握千秋万代
那些千秋万代想紧握权力和财富的
贪婪者
竟然一不留神

改变了猪的命运

那些挣扎在死亡边缘线上的

易腐者

竟然一不留神

让猪的一生堪称完美

东晋·炭精猪形握
甘肃省博物馆藏

小鱼小鱼，快来玩

小鱼，小鱼

快来玩

快披上红色的云霞

快燃起跃动的火苗

你看，谜一样的夜色下

没有沙石的路那么柔软

你看，小草戴着花帽子

月亮露出半边脸

它们等着你来捉迷藏

小鱼，小鱼

快来玩

你看流水已铺开画布
波光一闪一闪
它们等着你来吟诗作画
快活成一群顽皮的小孩子
小鱼，小鱼
快来玩
你看，大海已张开温暖的怀抱
它是我们赖以生存的营养液
玩吧小鱼！跃吧小鱼！
快举起白色的浪花
给它一个永世难忘的惊喜！

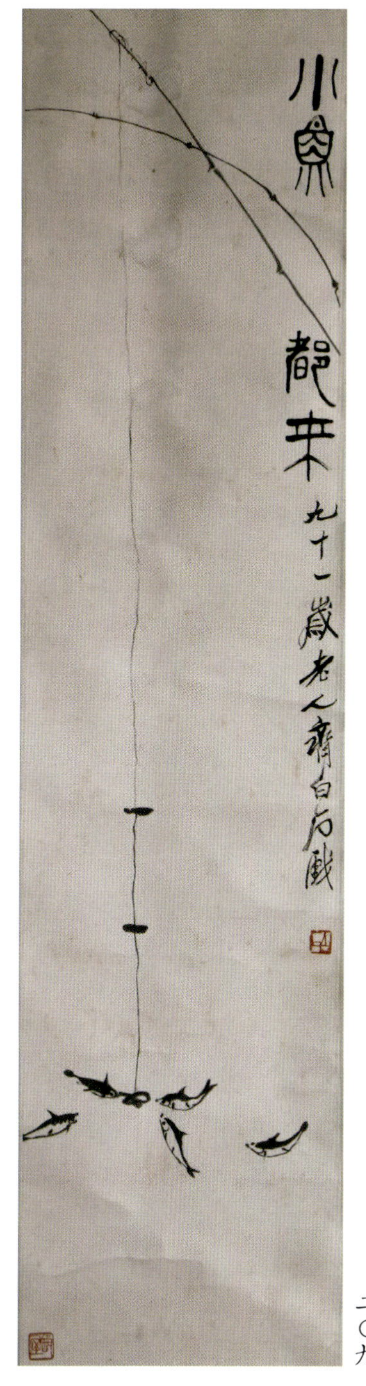

齐白石画作
庆城县博物馆藏

第十章

消失的存在

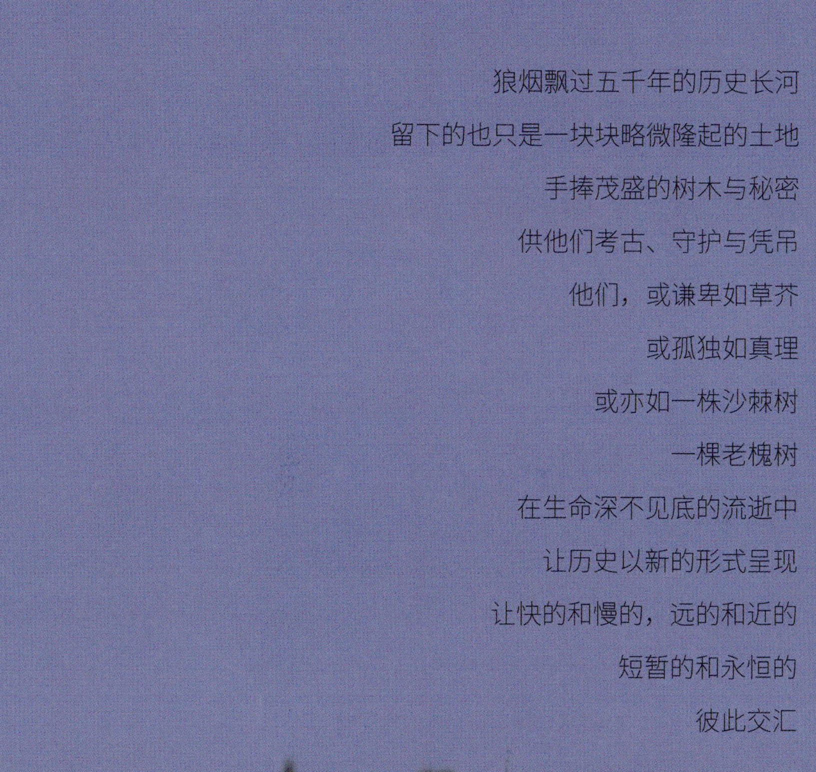

狼烟飘过五千年的历史长河
留下的也只是一块块略微隆起的土地
手捧茂盛的树木与秘密
供他们考古、守护与凭吊
他们，或谦卑如草芥
或孤独如真理
或亦如一株沙棘树
一棵老槐树
在生命深不见底的流逝中
让历史以新的形式呈现
让快的和慢的，远的和近的
短暂的和永恒的
彼此交汇

必须心有归处

必须屏住呼吸
紧紧盯住如豆的灯光
才能把掩在怀里的热爱
从一个石窟移到另一个石窟

必须一生一事
才能在那么宽广无边的黑暗中
在那四处都是不甘心的风沙中
知晓
七百三十五个窟洞的秘密
必须满怀理想
才能说
国家的命运就是文物的命运

文物守护者
2015 年 9 月 29 日，敦煌研究院名誉院长樊锦诗
在莫高窟第 272 窟做早期洞窟内容调查

文物的命运就是自己的命运

必须心有归处

才能把 41 年的人生

活成

孤独的一生

故事的一生

敦煌福祉的一生

必须铭记来处与去处

才能在所有的洞亮起来的时候

让整个世界

奔走相告

时间的夹层

七千年的雷雨交加
五千年的寻常夜晚
被一把探铲掀开
失落的文明
重新散发出迷人的香气
再深挖一点儿
再取几层土
就能触碰到西周、魏晋、隋唐、大宋了
……
一厘米约等于几千年
在暗无天日的黑暗里
青铜鼎和天青釉
已梦见了雷达、游标卡尺和探测仪

夯土旁边的野花

已摇曳在今世的太阳和

前世的月亮下

拿着软毛刷的人

正俯身在时间的夹层和背面

整理那些辉煌基业的残片

文物考古者

治疗和修复

那些裂纹、那些残片、那些锈迹
那些断臂、那些破损……
那些陈列着的旧物
看起来比纸还脆弱，仿佛镊子
轻轻一夹，就会痛得喊出声来
那些路过的人，有的慷慨陈词
有的短暂地惊叹之后长久地离开
只有你，在钢筋水泥中
听到粉碎性骨折的声音
只有你，用即将失传的手艺
解读出几千年前的表情
使折断的一截历史
重新呻吟、发抖、奔跑、流泪

文物修复者

仿佛孤独的沙漠里

突然涌进了绿洲

大地博物馆

从深黑的土里爬出来

历史逐渐明亮

玻璃隔柜又为它镀上一层恍惚

陶盆瓦罐，长满时间的裂纹

钟鼎瓷器，有着遥远的回声

弓弩刀剑，不再具备毁灭者的气质

穹顶之下

博物馆展出的都是陈迹

美和道德律令却永远新鲜

如星光，恒久照耀尘世

忧伤在于

我们的一生

也是一座博物馆

你在柜内　我在柜外

描帛展绢　讲三彩述铜钱刻碑文

从来，不曾抵达

廊外　一朵小花

淡淡地开在雨中

博物馆一角

一生的光影

我相信是命运把我领进这里
多少年了
在玉石、陶器、陶俑之后
在青铜、青瓷、石造像之后
这大地有多厚重：
一个装满传奇的祭红釉瓷瓶
一只沾满风霜的日月纹铜镜
一阵起伏的呐喊厮杀声
一个个王朝更迭的背影
一些动人的习俗
一切细枝末节
在这个叫作博物馆的地方
在洗墙灯、荧光灯的照耀下

文物工作者

我总是把想说的话减到最少

总是朝着那些沉睡的器物长久地凝望

总是有说不出的百感交集

仿佛时间在黑色的画布上投下的光影

那是一种经历了水火、战争恐惧之后的

咄咄逼人的光影

那是陈旧得长满锈迹

却和宇宙之光遥相呼应的光影

一年中的三百六十五天

每天都要数次从它们身边经过

每天都无来由地付出

倾其所有的美好

写在后面

《时间之穴的回声》这部诗集，起自2022年的9月，最初也只是零散地抒写表达，因为一年中的大半时间都忙于日常琐碎事务。所写的作品也只是通过公众号或者朋友圈小范围地发表，仅供同行朋友交流借鉴，在小的圈子宣传文化遗产的价值和重要性。

后来有幸被甘肃省文物局的朋友看到，觉得以诗意的方式抒写，表达文物背后的故事，挖掘文物的价值内涵和文化导向，立意非常新，填补了只单纯地以图谱和理论讲解宣传保护文物的空白，对文物活起来、火起来，焕发新的生命力有着非常重要的意义。建议出版成书，供更多群体关注、阅读，让更多的人

了解文物、热爱文物、保护文物，更进一步推动文物、文物工作破圈，让历史文脉更好地传承下去，让优秀传统文化真正“活起来”。

在甘肃省文物局朋友的持续关注下，在他寄来的大量的文物图谱及资料保障下，这件事情便慢慢地坚持了下来。基本上是百忙之中，每天、每个周末都要抽时间翻阅典籍，查找历史文化背景资料，写上那么一两首。有时候感觉很难，好几天没有一点灵感，憋不出一个句子来；有时候又觉得那么容易，睡至半夜之时，那些场景、那些句子竟然自动蹦了出来。

为了使写成的句子更准确，更具有活力和丰富的思想，我也常常将写成的作品读给，或者发给文物界的朋友、同行交流指正，虚心听取他们的意见。直到有一天，一位小同事跑来告诉我，当他读到那首描写商代“鸟祖癸”铜爵的诗歌《我有爵，你有酒吗？》时，一个王朝纤腰曼舞、豪华夜宴的场景一下子就跃动在眼前，他感觉自己也轻飘飘、醉醺醺的了。所以自那时起，他一下子就喜欢上了文物。后来，我便经常把写成的作品发给他读，亦发给更多的人读。

我想这大概就是文物的传承性，也是它的神性。无论最初有着怎样的遇见，但只要你肯下功夫了解它、理解它、尊重它，并真正地热爱它，它就会赐予你意想不到的收获和喜悦。从某种程度上说，和文物相处的过程，实际上也是和人相处的过程，时间久了，就会彼此懂得，惺惺相惜。它不言，但你知道它想表达什么，它不语，但你却深深地明白它沉默背后的宿命和大美。

《时间之穴的回声》就是在这样的心境、语境下产生的。草稿完成于2023年8月15日，以甘肃省境内的珍贵馆藏文物为主，同时包含对个别文物古建，以及文物工作者、守护者、考古者的抒写。全书分为10个章节，共100首诗歌，配100张图片，力求图文并茂，情景交融。书中所有展示的文物图片，皆来自甘肃省19家博物馆、院所的正式授权和友情支持，在此特别表示感谢。

以文物为代表的物质遗存，是古人生活的直接遗留，也是古人表达自己的方式。但受个人才华和精力所限，《时间之穴的回声》无论是对文物历史背景的挖掘，还是在诗歌意象的表达上都还很肤浅，欠缺很多。今后，我个人将会在这方面投入更多的精力，力争挖掘整理更多文物背后的故事，也期望更多的同行、朋友、社会群体批评指正，热爱文物、关注文物、了解文物，通过文物交流互鉴发现我们自身的优秀文化。

韩秋萍
2023年10月